LA CASA DE LA PRADERA

LA CASA
DE LA PRADERA

Laura Ingalls Wilder

Traducción de Guillermo Solana Alonso

noguer

Título original: *Little House on the Prairie*
© del texto: Little House Heritage Trust, 1935, 1963

© de las ilustraciones: Garth Williams, 1953
© de las ilustraciones renovado en 1981 por Garth Williams
© de la traducción: Guillermo Solana Alonso
© Editorial Noguer, S. A., 1988
Avda. Diagonal, 662-664, 08034 Barcelona
infoinfantilyjuvenil@planeta.es
www.planetadelibrosinfantilyjuvenil.com
www.planetadelibros.com
Primera edición en esta colección: octubre de 2010
Octava impresión en esta colección: febrero de 2018
ISBN: 978-84-279-3266-1
Depósito legal: M. 30.673-2010
Impreso en España – Printed in Spain

El papel utilizado para la impresión de este libro es cien por cien libre de cloro
y está calificado como **papel ecológico**.

1

CAMINO DEL OESTE

Hace muchísimo tiempo, cuando todos los abuelos y las abuelas de ahora eran niños pequeños, niñas pequeñas, bebés o quizá aún no habían nacido, papá, mamá, Mary, Laura y la pequeña Carrie, todavía un bebé, abandonaron la casita de Wisconsin. Se alejaron y dejaron solitario y vacío el claro entre los árboles. Jamás volverían a ver aquella casita.

Se dirigían al territorio indio.

Papá dijo que por entonces ya había demasiada gente en el bosque. Con mucha frecuencia Laura oía el eco de unos hachazos que no provenían del hacha de papá o el estampido de un disparo que no procedía de su escopeta. El sendero que llevaba hasta la casita se había convertido en carretera. Casi todos los días Laura y Mary dejaban de jugar y se quedaban mirando sorprendidas a un carromato que pasaba entre crujidos por aquella carretera.

Los animales silvestres no querrían permanecer en

una tierra en donde ya había muchas personas. Tampoco a papá le gustaba la idea de quedarse. Prefería las tierras en donde los animales viven sin sentirse atemorizados. Le gustaba ver a los cervatillos y a sus madres desde la espesura del bosque y observar a los osos gordos y haraganes comer bayas en los matorrales de los calveros.

En las largas veladas invernales le hablaba a mamá acerca del Oeste. Allí la tierra era llana y no había árboles. La hierba crecía espesa y alta. Allí los animales vagaban y se alimentaban como si estuvieran en un pastizal que se extendía mucho más allá de lo que alcanzaba la vista de un hombre. No había colonos, sólo los indios vivían allí.

Un día, cuando estaba terminando el invierno, papá dijo a mamá:

—Ya que no tienes nada que objetar, he decidido que vayamos al Oeste. Tengo una buena oferta por este lugar y ahora podemos venderlo, probablemente, por todo el dinero que pedimos. Con eso habrá suficiente para empezar en una nueva comarca.

—Oh, Charles, ¿hemos de irnos ahora? —dijo mamá. El viento era tan frío y se estaba tan bien en aquella casa abrigada.

—Si vamos a irnos este año, tiene que ser ahora —repuso papá—. No podríamos cruzar el Mississippi después del deshielo.

Así que papá vendió la casita, y también la vaca y la ternera. Hizo arcos de nogal americano y los montó sobre la caja de la carreta. Mamá le ayudó a tender una lona por encima.

Antes del amanecer, cuando era todavía oscuro, mamá despertó con suavidad a Mary y a Laura hasta que por fin se pusieron en pie. A la luz del fuego y de una vela las lavó, las peinó y las vistió con ropas de abrigo. Sobre su larga ropa interior de franela roja les puso unas enaguas de lana y luego vestidos y medias largas también de lana. Después les puso sus abrigos y sus gorros de piel de conejo y sus rojos mitones de hilaza. Todo cuanto tenían en la casita se hallaba en la carreta, excepto las camas, las mesas y las sillas. No las necesitaban porque papá siempre podría hacer otras nuevas. Una delgada capa de nieve cubría el suelo. Todavía estaba oscuro, hacía frío pero no soplaba el viento. Los árboles desnudos se alzaban contra las heladas estrellas. Pero por el este el cielo había palidecido y a través del bosque gris se vislumbraron las linternas de carros y caballos en los que venían el abuelo, la abuela, tíos, tías y primos.

Mary y Laura sujetaron con fuerza sus muñecas de trapo y permanecieron calladas. Sus primos las rodearon y las miraron. La abuela y las tías las abrazaron, las besaron y volvieron a besarlas, diciéndoles adiós.

Papá colgó su escopeta de los arcos del interior de la carreta para poder alcanzarla rápidamente desde el pescante. Debajo, colgó su bolsa de balas y su cuerno de pólvora. Dispuso entre almohadas el estuche del violín, de modo que el traqueteo de la carreta no pudiese dañar el instrumento.

Los tíos le ayudaron a enganchar los caballos a la carreta. Dijeron a todos los primos que besaran a Mary y a Laura, y así lo hicieron. Papá cogió entonces a Mary y luego a Laura y las subió a la carreta. Ayudó a mamá a subir al pescante y la abuela tendió los brazos y le pasó a Carrie. Después subió papá y se sentó junto a mamá al tiempo que *Jack*, el bulldog moteado, se metía bajo la carreta. Y así se alejaron de la casita de madera. Los postigos estaban cerrados sobre las ventanas para que la casita no pudiera verlos marchar. Se quedó allí tras su valla de estacas junto a los dos grandes robles que durante el verano habían prestado una verde sombra para que Mary y Laura jugasen debajo. Y eso fue lo último que vieron de la casita.

Papá les prometió que cuando llegaran al Oeste, Laura vería un *papoose*.

—¿Qué es un *papoose*? —le preguntó.

—Un *papoose* —le respondió— es un bebé indio, pequeño y cobrizo.

Recorrieron un largo camino por el bosque nevado hasta que llegaron al pueblo de Pepin. Mary y Laura habían estado allí una vez, pero ahora les pareció diferente. La puerta del almacén y las de todas las casas estaban cerradas, los tocones se alzaban cubiertos de nieve y no había niños pequeños jugando afuera. Entre los tocones se alzaban grandes depósitos de madera. Sólo vieron a dos o tres hombres, protegidos con botas, gorros de piel y chaquetones de grandes cuadros.

Mamá, Laura y Mary comieron pan con melaza en la carreta, y los caballos, maíz de las bolsas que les colgaron, mientras en el almacén papá cambiaba sus pieles por cosas que necesitarían durante el camino. No podían quedarse mucho tiempo en el pueblo porque tenían que cruzar el lago ese mismo día.

El enorme lago se extendía llano, terso y blanco hasta la línea del horizonte. Las rodadas de las carretas lo cruzaban, tan lejos que no era posible ver adónde iban: acababan en la pura nada. Papá condujo la carreta por el hielo, siguiendo esas rodadas. Los cascos de los caballos resonaban sordamente, las ruedas de la carreta crujían. Atrás, el pueblo parecía cada vez más pequeño hasta que el alto almacén fue sólo un puntito. Alrededor de la carreta no había más que un espacio vacío y mudo. A Laura no le gustó. Pero papá se hallaba en el pescante de la carreta y Jack caminaba debajo; ella sabía que nada podía pasarle mientras papá y *Jack* estuviesen allí.

Al fin la carreta remontó una ladera y otra vez vieron árboles. Había además una cabaña entre los árboles. Así que Laura se sintió mejor.

En aquella cabaña no vivía nadie: era un lugar sólo para dormir. Era una casa pequeña y extraña, con una gran chimenea y toscas literas contra las paredes. Pero se caldeó en cuanto papá hizo fuego en la chimenea. Aquella noche, Mary, Laura y la pequeña Carrie durmieron con mamá en una cama hecha en el suelo junto al fuego, mientras papá dormía afuera en la carreta para vigilar el vehículo y los caballos.

Un extraño ruido despertó a Laura durante la noche. Le pareció como un disparo, pero más seco y más prolongado que un tiro. Volvió a oírlo una y otra vez. Mary y Carrie dormían, pero ella no logró conciliar el sueño hasta que en la oscuridad le llegó la voz serena de mamá.

—Duérmete —le dijo—. Es sólo el hielo que cruje.

A la mañana siguiente papá declaró:

—Hemos tenido suerte de haber cruzado ayer, Caroline. No me extrañaría que el hielo se rompiera hoy. Lo hemos atravesado tarde y por fortuna no empezó a quebrarse mientras estábamos en el centro.

—Ya pensé ayer en eso, Charles —confesó mamá.

A Laura no se le había ocurrido antes, pero entonces imaginó lo que hubiera sucedido si el hielo se hubiese roto bajo las ruedas de la carreta y todos hubieran ido a parar a las frías aguas en el centro de aquel lago enorme.

—Estás asustando a alguien, Charles —advirtió mamá, y entonces papá alzó a Laura y le dio un fuerte abrazo.

—¡Ya estamos al otro lado del Mississippi! —le dijo, abrazándola aún—. ¿Qué te parece, cariño? ¿Quieres ir al Oeste en donde viven los indios?

Laura asintió y preguntó si estaban ya en territorio indio. Pero no era así: se encontraban en Minnesota.

Quedaba un larguísimo camino hasta el territorio indio. Casi cada día los caballos caminaban tanto como podían; casi cada noche papá y mamá acampaban en un nuevo lugar. A veces tenían que permanecer en el mismo sitio varias noches porque un arroyo estaba crecido y no podían cruzarlo hasta que bajaban las aguas. Vadearon incontables corrientes. Vieron extraños bosques y colinas y una región aún más rara en donde no había árboles. Cruzaron ríos sobre largos puentes de madera y llegaron a un río ancho y amarillento en donde no había puente.

Era el Missouri. Papá subió la carreta a una balsa y allí permanecieron todos sentados mientras la balsa se apartaba de la orilla y atravesaba aquellas aguas agitadas, amarillentas y fangosas.

Al cabo de varios días llegaron a otras colinas. Mientras atravesaban un valle, la carreta se atascó en un barrizal negro y hondo. Llovía y se sucedían los relámpagos entre el estallido de los truenos. No había sitio en donde alzar un campamento y hacer fuego. Todo estaba húmedo, frío y desagradable en la carreta, pero tuvieron que quedarse allí y comer fiambres.

Al día siguiente papá encontró un sitio en la ladera de una colina donde pudieron acampar. Había dejado de llover, pero hubieron de aguardar una semana hasta que descendieron las aguas del arroyo y el barro se secó lo suficiente para que papá pudiera sacar la carreta de allí.

Un día, mientras esperaban, salió del bosque un hombre alto y delgado que montaba un caballo negro. Papá y él hablaron un rato y después se fueron juntos al bosque; cuando volvieron, los dos montaban caballos negros; papá había cambiado los cansados caballos castaños por aquéllos.

Tenían muy buen aspecto y papá afirmó que se trataba de cimarrones del Oeste.

—Son tan fuertes como mulas y tan mansos como gatitos —aseguró papá.

Tenían ojos grandes y dulces, largas crines y colas y patas más finas y cascos más pequeños y ligeros que los caballos de los grandes bosques.

Cuando Laura preguntó cómo se llamaban, papá le dijo que Mary y ella podrían darles los nombres que quisieran. Así que Mary llamó a uno *Pet* y Laura llamó al otro *Patty*. Cuando el rugido del arroyo no fue ya tan intenso y el camino estuvo más seco, papá sacó del barro la carreta, enganchó a *Pet* y a *Patty*, y allá fueron de nuevo todos. Con aquella carreta con la que partieron de Wisconsin habían cruzado Minnesota, Iowa y Missouri. Durante todo el camino *Jack* caminó bajo el carromato. Luego se dispusieron a cruzar Kansas.

Kansas era una llanura interminable cubierta de altas hierbas onduladas por el viento. Día tras día, a través de Kansas no vieron nada más que las agitadas hierbas y el enorme cielo. En un círculo perfecto el cielo se curvaba sobre la tierra llana y la carreta parecía ocupar el centro exacto de aquel círculo.

Durante todo el largo día *Pet* y *Patty* avanzaban, trotando y caminando y trotando de nuevo pero sin conseguir nunca salir del centro de aquel círculo. Cuando el sol se ponía, el círculo aún seguía en torno a ellos y el borde del cielo tomaba un color rosado. Luego, poco a poco, la tierra se tornaba negra. El viento elevaba un gemido solitario entre la hierba. El fuego de la acampada era pequeño y se perdía entre tanto espacio. Pero del cielo colgaban estrellas enormes que centelleaban con tanta intensidad que a Laura le pareció que casi podía tocarlas.

Al día siguiente la tierra era igual, el cielo era el mismo y el círculo no había cambiado. Laura y Mary estaban cansadas de todo eso. No había nada que hacer ni nada nuevo adonde mirar. La cama estaba hecha en la parte trasera de la carreta y limpiamente cubierta con una colcha gris. Laura y Mary estaban sentadas en ella. Los costados de la lona estaban enrollados en lo alto de la carreta, de modo que el viento de la pradera entraba a ráfagas y agitaba los lacios cabellos castaños de Laura y los revueltos rizos dorados de Mary. Una intensa luz acariciaba sus párpados cerrados.

A veces una enorme liebre se alejaba dando grandes saltos sobre la hierba siempre inquieta. *Jack* no le prestaba atención alguna. También él estaba cansado y además se le habían llagado las patas de tanto caminar. La carreta dejaba atrás dos tenues rodadas, siempre iguales. Papá iba encorvado. Sostenía flojas las riendas en sus manos y el viento revolvía su larga barba castaña. Mamá permanecía erguida y callada, con las manos cruzadas sobre su regazo. Carrie dormía en un capazo entre fardos blancos.

—¡Uf! —bostezó Mary.

—¿Podemos bajar y correr detrás de la carreta? —preguntó Laura—. Se me cansan las piernas.

—Aún no, hija —repuso mamá.

—¿Acamparemos pronto? —preguntó Laura.

Le parecía que había transcurrido mucho tiempo desde mediodía, cuando comieron sentados en la fresca hierba a la sombra de la carreta.

—Aún no —respondió papá—. Es demasiado pronto para acampar.

—¡Pues yo quiero acampar ahora! Estoy tan cansada —protestó Laura.

Y mamá le dijo:

—Laura.

Eso fue todo, pero significaba que Laura no debía protestar. Así que no volvió a quejarse en voz alta aunque siguió enfurruñada durante un buen rato.

Le dolían las piernas y el viento no dejaba de agitar

sus cabellos. Las hierbas se mecían y la carreta traqueteaba y nada sucedió durante largo tiempo.

—Estamos acercándonos a un arroyo o a un río —anunció papá—. ¿No veis, chicas, esos árboles de ahí delante?

Laura se puso en pie y se sujetó a uno de los arcos de la carreta. Distinguió a lo lejos una mancha borrosa.

—Eso son árboles —dijo papá—. Se advierte por la forma de las sombras. En esta región árboles significan agua. Allí es donde acamparemos esta noche.

2

EL CRUCE DEL RÍO

Pet y *Patty* empezaron a trotar alegremente, como si también se sintiesen satisfechos. Laura se sujetó con fuerza a uno de los arcos del toldo para soportar de pie el traqueteo de la carretera. Por encima del hombro de papá y más allá de las ondas de verde hierba podía ver ya los árboles y no se parecían a los que conocía. Apenas eran más altos que matorrales.

—¡Caramba! Y ahora, ¿por dónde? —murmuró de repente papá para sí.

El camino se bifurcaba ante ellos y no resultaba posible adivinar cuál de los dos ramales era el más frecuentado. Ambos constituían sólo leves rodadas en la hierba. Uno iba hacia el oeste, el otro descendía un poco, hacia el sur. Los dos desaparecían entre las altas y agitadas hierbas.

—Supongo que será mejor ir cuesta abajo —decidió papá—. El río corre por el fondo. Por aquí se irá hacia el vado.

Guió a *Pet* y a *Patty* hacia el sur.

El camino bajaba y subía y de nuevo bajaba y volvía a subir por un terreno suavemente ondulado. Los árboles estaban ahora más próximos, pero no parecían más altos. Entonces Laura se quedó sin aliento y se sujetó con más fuerza al arco porque casi bajo los belfos de *Pet* y de *Patty* desaparecía la hierba. Y también la tierra. Miró más allá del borde y de las copas de los árboles. El camino describía allí una curva. Durante un trecho seguía junto al borde del talud y luego descendía bruscamente. Papá echó el freno a las ruedas; *Pet* y *Patty* recularon y casi acabaron sentadas sobre sus cuartos traseros. La ruedas resbalaron hacia adelante mientras la carreta descendía poco a poco. A ambos lados del vehículo se alzaban abruptos riscos de tierra roja. En lo alto ondeaba la hierba, pero nada crecía en aquellas laderas rugosas. Despedían un calor que llegaba a la cara de Laura. El viento aún soplaba por encima, pero no alcanzaba a esa honda grieta en el terreno. La quietud parecía extraña.

Luego, llegaron de nuevo a terreno llano. La estrecha grieta los había conducido a una nueva planicie. Era allí donde crecían los altos árboles cuyas copas había visto Laura desde la pradera superior. Entre los bosquecillos umbríos se extendían prados ondulantes. Bajo los árboles descansaban tendidos algunos ciervos, casi invisibles a la sombra. Los ciervos volvieron sus cabezas hacia la carreta y, curiosos, los cervatillos se levantaron para observarlos mejor.

Laura estaba sorprendida porque no veía el río. Pero el paraje era espacioso. Allí, en un nivel inferior al de la pradera había suaves montículos y trechos despejados y soleados. Aún hacía calor y no soplaba el viento. Bajo las ruedas de la carreta la tierra era blanda. En los claros la hierba raleaba por culpa de los ciervos.

Durante cierto tiempo aún pudieron ver atrás los altos riscos de tierra roja. Pero se hallaban ya casi ocultos tras lomas y árboles cuando *Pet* y *Patty* se detuvieron a beber en el río.

El ruido del agua lo dominaba todo. Las ramas de los árboles colgaban sobre la corriente, cubriéndola de sombras. Por el centro el agua, de un azul plateado, centelleaba, deslizándose con rapidez.

—El río está bastante crecido —dijo papá—. Pero supongo que podremos vadearlo. Y se advierte que aquí hay un vado por los rastros de rodadas. ¿Qué te parece, Caroline?

—Lo que tú digas, Charles —replicó mamá.

Pet y *Patty* alzaron la cabeza. Echaron hacia adelante las orejas mientras observaban el río; luego las recogieron para oír lo que diría papá. Resollaron y aproximaron sus suaves belfos, mascullando entre sí. Un poco aguas arriba, *Jack* bebía, chasqueando su roja lengua sobre el agua.

—Bajaré la lona —dijo papá.

Descendió del pescante, tiró de los costados del toldo y los ató con firmeza a la caja del carromato. Luego tiró de la cuerda de atrás, de modo tal que sólo quedó un agujerito demasiado pequeño para ver algo.

Mary se acurrucó en la cama: no le gustaban los vados, le daban miedo los rápidos. Pero Laura estaba excitada: le agradaba el chapoteo del agua. Papá subió al pescante al tiempo que decía:

17

—Es posible que en el centro del río los caballos tengan que nadar. Pero pasaremos, Caroline.

Laura se acordó de *Jack* y confesó:

—Me gustaría que *Jack* cruzase en la carreta.

Papá no respondió. Recogió con firmeza las riendas. Mamá le explicó:

—*Jack* puede nadar, Laura. Nada le ocurrirá.

La carreta avanzó lentamente sobre el barro. El agua comenzó a chapotear contra las ruedas. El chapoteo se tornó cada vez más fuerte. El carromato vibró bajo la acometida de la ruidosa corriente. Entonces, de repente, el carromato se alzó, osciló y se meció. Era una sensación maravillosa.

El ruido desapareció y mamá dijo secamente:

—¡Echaos, niñas!

Rápidas como centellas, Mary y Laura se tendieron en la cama. Cuando mamá hablaba de ese modo, hacían lo que se les decía. Con el brazo, mamá tendió una manta sobre ellas, cubriéndolas por completo.

—Quedaos tan quietas como estáis ahora. ¡No os mováis!

Mary no se movió; temblaba, pero se quedó inmóvil. Pero Laura no pudo dejar de volverse un poco tratando de ver lo que estaba pasando. Podía sentir el vaivén de la carreta y sus giros. Otra vez se oyó el chapoteo y de nuevo se extinguió. Entonces la voz de papá asustó a Laura.

—¡Cógelas, Caroline! —gritó.

El carromato se inclinó: se notó un repentino golpe del agua en un costado. Laura se sentó en la cama y se quitó la manta de la cabeza.

Papá había desaparecido. Mamá estaba sola en el

pescante, sujetando las riendas con las dos manos. Mary volvió a ocultar su cara bajo la manta, pero Laura se alzó más aún. No podía ver la orilla del río. No podía ver por delante de la carreta más que el agua que corría. Y en el agua había tres cabezas: la cabeza de *Pet*, la cabeza de *Patty* y la cabeza más pequeña y empapada de papá. En el agua, el puño de papá se cerraba con fuerza en torno a la brida de *Pet*.

A través del ruido del agua, Laura podía percibir tenuemente la voz de papá. Parecía serena y alegre, pero no conseguía entender lo que decía. Hablaba a los caballos. La cara de mamá estaba blanca y asustada.

—Échate, Laura —dijo mamá.

Laura se echó. Notó frío y se sintió mal. Había cerrado los ojos, pero todavía podía ver las terribles aguas y la barba castaña de papá, sumergida en la corriente.

Durante muchísimo tiempo la carreta osciló y se ladeó. Mary lloraba sin lanzar sonido alguno y el estómago de Laura iba de mal en peor. Luego las ruedas delanteras se afirmaron y rascaron el lecho y papá lanzó un grito. Toda la carreta se estremeció, vibró y se echó hacia atrás, pero las ruedas giraban sobre el suelo. Laura estaba en pie de nuevo sujetándose al pescante. Vio cómo *Pet* y *Patty*, húmedos los lomos, se esforzaban por remontar una orilla abrupta, y a papá, que corría tras los animales, animándolos:

—¡Hala, *Patty*! ¡Hala, *Pet*! ¡Arriba! ¡Arriba! ¡Arre! ¡Buenas chicas!

En lo alto de la orilla las yeguas se detuvieron, jadeantes y chorreando agua. Y la carreta se paró, a salvo ya fuera del río.

También papá jadeaba y goteaba y mamá dijo:

—¡Oh, Charles!

—Óyeme, Caroline —dijo papá—. Hemos salido bien librados gracias a que la carreta tiene una sólida caja, bien sujeta al tren. Jamás vi un río con tanta fuerza. *Pet* y *Patty* son buenas nadadoras, pero creo que no habríamos pasado si no las hubiese ayudado.

Si papá no hubiese sabido qué hacer o si mamá hubiese estado demasiado asustada para empuñar las riendas o si Laura y Mary hubiesen sido díscolas y la hubiesen importunado, todos se habrían perdido. El río los habría arrastrado y ahogado y nadie hubiera sabido nunca qué había sido de ellos. Era posible que durante semanas nadie pasara por ese camino.

—Bien está lo que bien acaba —comentó papá.

Y mamá añadió:

—Charles, estás calado hasta los huesos.

Antes de que papá pudiera decir algo, Laura gritó:

—Pero ¿dónde está *Jack*?

Se habían olvidado de *Jack*. Lo habían dejado en la otra orilla de aquel río traicionero y ahora ya no lo veían. Quizá había tratado de nadar tras ellos, pero ahora no lo veían en el agua.

Laura tragó saliva para no echarse a llorar. Sabía que era vergonzoso llorar, pero lloraba por dentro. El pobre *Jack* los había seguido tan paciente y fielmente durante todo el camino desde Wisconsin y ahora lo habían dejado ahogarse. Estaba tan cansado. Podrían haberlo cruzado en la carreta. Pero se quedó en la orilla y vio alejarse el carromato como si él no les importase en modo alguno. Y nunca sabría ya cuánto lo querían.

Papá dijo que no habría hecho semejante cosa a *Jack* ni por un millón de dólares. Si hubiese sabido que iba a crecer el río cuando estuviesen a la mitad del cauce, jamás habría dejado que *Jack* lo cruzase a nado.

—Pero de nada vale lamentarse ahora —declaró.

Fue por la orilla aguas arriba y aguas abajo, buscando a *Jack*, llamándolo y silbándole.

Resultó inútil. *Jack* había desaparecido.

Al final no quedó más remedio que reanudar la marcha. *Pet* y *Patty* habían descansado. A papá se le había secado la ropa mientras buscaba a *Jack*. Tomó de nuevo las riendas y condujo el carro cuesta arriba, alejándose de las tierras bajas de la ribera.

Laura no dejaba de mirar hacia atrás. Sabía que no volvería a tener a *Jack*, pero quería observar. No divisó más que montículos que se interponían entre el carromato y el río y más allá de éste vio elevarse de nuevo aquellos extraños riscos de tierra roja.

Luego otros taludes como ésos asomaron por delante de la carreta. Unas tenues rodadas penetraban por una grieta entre aquellos muros de tierra. *Pet* y *Patty* subieron hasta que la grieta se convirtió en un pequeño valle cubierto de hierba. Y el valle se ensanchó hasta transformarse de nuevo en una gran pradera.

En ninguna parte se veía rastro de ruedas o del paso de una cabalgadura. Parecía como si ningún ojo humano hubiese contemplado antes aquella pradera. Sólo las altas hierbas silvestres cubrían la interminable y solitaria llanura; un enorme cielo se arqueaba sobre sus cabezas. Muy lejos, el canto del sol tocaba el borde de la tierra. El sol era enorme y palpitaba y vibraba de luz. En torno de la línea del cielo se extendía un pálido resplandor rosado. Por encima, el rosa se tornaba amarillo y más por encima, azul. Más arriba, el cielo ya no tenía color alguno. Sobre la tierra se multiplicaban las sombras purpúreas y gemía el viento.

Papá detuvo a los cimarrones. Mamá y él descendieron de la carreta para disponer la acampada y también Mary y Laura bajaron al suelo.

—Mamá —preguntó Laura—: ¿Verdad que *Jack* ha ido al cielo? Era un perro tan bueno. ¿Es que no puede ir al cielo?

Mamá no sabía qué responder, pero papá dijo:

—Sí, Laura, puede. Dios, que no se olvida de los gorriones, no dejaría fuera a un buen perro como *Jack*.

Laura se sintió un poco mejor. No estaba a gusto. Papá no silbaba como solía hacerlo durante su trabajo y al cabo de un rato declaró:

—Pues no sé lo que haremos en un territorio despoblado como éste sin un buen perro guardián.

3

ACAMPADA EN LA GRAN PRADERA

Papá dispuso el campamento como de costumbre. Primero desenganchó y desaparejó a *Pet* y a *Patty* y las ató con sogas sujetas al suelo por una espigas de hierro. Así podían comer toda la hierba que les permitía alcanzar la gran longitud de las sogas. Pero lo primero que hacían siempre *Pet* y *Patty* cuando las dejaban así era revolcarse en el suelo hasta que de sus lomos hubiera desaparecido la sensación del arnés.

Mientras *Pet* y *Patty* se revolcaban, papá arrancó toda la hierba de un gran círculo en el terreno. Bajo la hierba verde que asomaba, había otras hierbas secas y papá no quería correr el riesgo de provocar un incendio en la pradera. Una vez que el fuego prendiera en la hierba seca de abajo, arrasaría toda la zona.

—Es mejor tomar precauciones, así al final uno se siente seguro —explicó papá.

Cuando aquel trecho quedó limpio de hierba, papá puso en el centro un puñado de hierba seca. De la orilla del río trajo una brazada de ramas y de leña seca. Colocó las ramas grandes y pequeñas y luego la leña sobre el puñado de hierba seca y entonces prendió la hierba. El fuego chasqueó alegremente en aquel círculo de tierra pelada sin posibilidad de escapar afuera.

Después papá acarreó agua del río mientras Mary y Laura ayudaban a mamá a preparar la cena. Mamá contó los granos de café que echó en el molinillo y Mary los molió. Laura llenó la cafetera con agua de la que había traído papá y mamá colocó la cafetera sobre las brasas. También dispuso sobre el fuego el horno de hierro.

Mientras se calentaba, mezcló harina de maíz y sal con agua e hizo una masa que luego distribuyó en tortitas. Engrasó el horno con un pedazo de tocino, metió las tortas de maíz y puso encima la tapa de hierro. Entonces papá echó más brasas sobre la tapa mientras mamá cortaba lonchas de tocino. Frió el tocino en una araña de hierro. La araña tiene unas patas largas para alzarse por encima del fuego y por eso se la llama así. Si no tuviese patas sería sólo una sartén.

Hecho el café, cocidas las tortas y frito el tocino, todo empezó a oler tan bien que Laura sintió cada vez más hambre.

Papá colocó el pescante de la carreta cerca del fuego. Allí se sentaron mamá y él. Mary y Laura se instalaron en la vara del carro. Cada uno disponía de un plato de estaño y de un cuchillo y un tenedor de acero con blancos mangos de hueso. Mamá tenía una taza de estaño y papá otra y había una tercera para Carrie, pero Mary y Laura tenían que compartir una. Ellas bebían agua. No podrían tomar café hasta que fueran mayores.

Mientras cenaban, las sombras purpúreas se congregaron en torno al fuego. La vasta pradera estaba oscura y silenciosa. Sólo el viento se movía furtivamente entre la hierba y las grandes estrellas centelleaban en el enorme cielo. Era agradable aquella hoguera en la oscuridad inmensa y fría. Los torreznos estaban crujientes y grasos, las tortas de maíz tenían muy buen sabor. En la negrura que se extendía tras la carreta, *Pet* y *Patty* también estaban comiendo. Arrancaban manojos de hierba que masticaban ruidosamente.

—Acamparemos un día o dos —dijo papá—. Quizá nos quedemos aquí. La tierra es buena, hay madera allá abajo y mucha caza, todo lo que un hombre puede desear. ¿Qué te parece, Caroline?

—Tal vez fuese peor más lejos —repuso mamá.

—De cualquier manera, mañana echaré un vistazo por los alrededores —afirmó papá—. Llevaré el fusil y conseguiremos un poco de carne fresca.

Encendió su pipa con una brasa y estiró las piernas para ponerse cómodo. El olor cálido del humo del tabaco se mezcló con la tibieza del fuego. Mary bostezó y se deslizó de la vara de la carreta para sentarse en el suelo. Laura bostezó también. Mamá lavó rápidamente los platos y las tazas de estaño, los cuchillos y los tenedores. Después limpió el horno y la araña y aclaró el paño de los platos.

Por un instante se quedó quieta, escuchando el largo y triste aullido que llegaba de la pradera en tinieblas. Todos sabían de qué se trataba. Pero aquel sonido provocó en Laura un estremecimiento que le subió por la médula hasta la nuca.

Mamá escurrió el paño de la vajilla y luego fue hacia la oscuridad para tenderlo a secar sobre las altas hierbas. Cuando regresó, papá dijo:

—Lobos, a poco menos de un kilómetro, me parece. Bien, en donde haya ciervos, habrá lobos. Me gustaría... No dijo lo que le gustaría, pero Laura lo adivinó. Le hubiera gustado que *Jack* estuviese allí. Cuando los lobos aullaban en Wisconsin, Laura sabía siempre que *Jack* no dejaría que le hiciesen daño. Se le hizo un nudo en la garganta y sintió un picor en la nariz. Parpadeó aprisa y no lloró. Aquel lobo, o quizá otro, volvió a aullar.

—¡Niñas, ya es hora de acostarse! —dijo mamá. Mary se levantó y dio la vuelta para que mamá pudiera desabotonarla. Pero Laura se puso en pie de un salto y se quedó inmóvil. Había visto algo. En la honda oscuridad más allá del fuego brillaban cerca del suelo dos luces verdes. Eran ojos.

Sintió un escalofrío y se le pusieron los pelos de punta. Una de las luces verdes desapareció y luego la otra. Después ambas brillaron con fuerza, cada vez más cerca. Se aproximaban muy aprisa.

—¡Mira, papá, mira! —advirtió Laura—. ¡Un lobo!

Papá no pareció moverse con celeridad, pero en realidad así fue. En un instante sacó su fusil de la carreta y estuvo listo para disparar contra aquellos ojos verdes. Los ojos dejaron de acercarse. Se quedaron quietos en la oscuridad, observándolo.

—No puede ser un lobo. A no ser que esté rabioso —dijo papá. Mamá subió a Mary a la carreta—. Y no es eso. Escucha a los caballos. *Pet* y *Patty* aún siguen comiendo hierba.

—¿Un lince? —preguntó mamá.

—¿O un coyote?

Cogió el palo, gritó y lo lanzó. Los ojos verdes se aproximaron al suelo como si el animal se hubiese acurrucado, disponiéndose para saltar. Papá tenía dispuesto el fusil. El animal no se movió.

—No vayas, Charles —dijo mamá.

Pero papá caminó lentamente hacia los ojos verdes. Y lentamente los ojos se acercaron a él. Laura podía ver al animal al borde de la oscuridad. Era leonado y moteado. Entonces papá gritó y Laura chilló.

Lo que supo en el instante siguiente fue que trataba de abrazar a un *Jack* que saltaba, jadeaba y se retorcía mientras lamía su cara y sus manos con su cálida y húmeda lengua. No pudo sujetarlo. Saltó y corrió de ella a papá y luego a mamá para volver a ella.

—¡Caramba, me ha dejado pasmado! —declaró papá.

—Y a mí también —añadió mamá—. Pero has despertado a la pequeña.

Acunó a Carrie en sus brazos, arrullándola.

Jack estaba perfectamente bien. Pero pronto se tendió junto a Laura y lanzó un largo suspiro. Sus ojos se hallaban enrojecidos de fatiga y, por debajo, su cuerpo estaba cubierto de barro. Mamá le dio una torta de maíz y él la lamió y meneó cortésmente la cola, pero no pudo comer. Se hallaba demasiado cansado.

—Nunca sabremos —dijo papá— cuánto tiempo estuvo nadando ni adónde lo llevó la corriente aguas abajo hasta que consiguió alcanzar la orilla.

Y cuando al fin llegó hasta donde ellos estaban, Laura lo llamó lobo y papá amenazó con disparar contra él.

Pero *Jack* sabía que no lo habían hecho con mala intención. Laura le preguntó:

—¿Verdad que sabías, *Jack*, que no lo hacíamos con mala intención?

Jack meneó su cortísima cola. Claro que lo sabía.

Ya había pasado la hora de acostarse. Papá ató a *Pet* y a *Patty* al pesebre de la traversa de la carreta y les echó maíz. Carrie se durmió de nuevo y mamá ayudó a Mary y a Laura a desnudarse. Les pasó por la cabeza sus largos camisones mientras ellas metían los brazos en las mangas. Se abotonaron el cuello ellas solas y cada una se ató las cintas del gorro bajo la barbilla. Entre las ruedas de la carreta, *Jack* dio cansadamente tres vueltas y se tendió a dormir.

En la carreta, Laura y Mary rezaron sus oraciones y se metieron a gatas en su camita. Mamá les dio las buenas noches.

Al otro lado de la lona, *Pet* y *Patty* comían su maíz. Cuando *Patty* resoplaba junto al pesebre, el resoplido llegaba directamente a los oídos de Laura. Entre la hierba, seres minúsculos emprendían carreras precipitadas. En los árboles próximos al río chilló una lechuza:

—¿Juuuu? ¿Juuuu?

Más lejos, le respondió otra:

—Uuuuu, uuuuu.

En la lejanía de la pradera aullaban los lobos y bajo la carreta *Jack* gruñó sordamente. Dentro de la carreta todos se encontraban seguros y cómodos.

Por delante, levantado el toldo, se distinguían estrellas grandes y resplandecientes. Papá podría alcanzarlas, pensó Laura. Deseó que cogiera la más grande del hilo del que colgaba en el cielo y que se la diera. Estaba completamente despierta, no sentía sueño, pero de repente se quedó muy sorprendida. La gran estrella parpadeó.

Lo siguiente que después supo fue que ya era por la mañana y que estaba despertándose.

4

UN DÍA EN LA PRADERA

Al oído de Laura llegaron unos suaves relinchos y el grano resonó en el pesebre. Papá estaba dando el desayuno a *Pet* y a *Patty*.

—¡Atrás, *Pet*! No seas avariciosa —dijo—. Sabes que ahora le toca a *Patty*.

Pet pateó y relinchó.

—Y ahora, *Patty*, limítate a tu parte del pesebre —ordenó papá—. Eso es para *Pet*.

Un ligero chillido de *Patty*.

—¡Ah! ¿Conque te ha mordido? —preguntó papá—. Te está bien merecido. Ya te dije que comieras sólo tu propio maíz.

Mary sabía vestirse sola a excepción del botón del medio. Laura se lo abotonaba y luego Mary abotonaba a Laura por toda la espalda. Se lavaron las manos y la cara en la palangana puesta en el estribo de la carreta. Mamá las peinó, deshaciendo todas las marañas de su pelo, mientras papá volvía a acarrear agua del río.

Luego se sentaron en la fresca hierba y desayunaron tortas, beicon y melaza en los platos de estaño que cada uno sostuvo en su regazo. En torno a ellos las sombras cambiaban de forma en las hierbas ondulantes mientras se alzaba el sol. Las alondras saltaban cantando del herbazal al cielo alto y claro. Por la inmensidad azul que se extendía sobre sus cabezas cruzaban nubecillas de color perla. Entre la maleza se agitaban y gorjeaban pajarillos. Papá dijo que eran pinzones.

—¡Pajaritos, pajaritos! —los llamó Laura—. ¡Pajaritos!

—Tómate el desayuno —le ordenó mamá—. Y cuida tus modales aunque estés a cien kilómetros de la persona más cercana.

Papá intervino para aclarar:

—Caroline, nos hallamos a unos sesenta kilómetros de Independence y sin duda hay gente que está más cerca.

—Pues bien, sesenta kilómetros —admitió mamá—. Pero tanto si es esa distancia como si no lo es, no está bien cantar en la mesa. O mientras se come —añadió, puesto que no había mesa.

Sólo existía la enorme y solitaria pradera cuyas hierbas se agitaban en olas de luz y sombra; el gran cielo azul por encima y las aves que cantaban alegres porque se alzaba el sol. En toda la inmensa pradera no había señal alguna de que hubiese estado allí alguna vez un solo ser humano.

En ese inmenso espacio de tierra y cielo permanecía solitaria la pequeña carreta entoldada. Y cerca del carro-

31

mato estaban papá, mamá, Laura, Mary y Carrie. Las yeguas comían su maíz y *Jack* permanecía quieto tratando de no mendigar. A Laura no le estaba permitido darle nada mientras comía, pero siempre le guardaba algo para después. Y con lo que había sobrado de la masa mamá le había preparado una gran torta.

Por todas partes se veían conejos y perdices blancas, pero *Jack* no desayunaría ninguna presa ese día. Papá iba a cazar y *Jack* tenía que quedarse para guardar el campamento.

Papá ató con sogas a *Pet* y a *Patty*. Después tomó de un costado del carro el barreño de madera y lo llenó con agua del río; mamá iba a hacer la colada.

Luego se sujetó la hachuela al cinto junto con el cuerno de la pólvora, guardó en el bolsillo el pedernal y la bolsa de las balas y tomó el fusil.

Y advirtió a mamá:

—Tienes tiempo, Caroline. No nos iremos de aquí hasta que queramos. No es preciso, pues, que te atosigues.

Se puso en camino. Durante un tiempo pudieron ver la parte superior de su cuerpo por encima de las altas hierbas, cada vez más lejos y cada vez más pequeño. Luego se perdió de vista y la pradera se quedó vacía.

Mary y Laura fregaron los platos mientras mamá hacía las camas en la carreta. Después guardaron los platos limpios; recogieron todas las ramitas dispersas y las echaron al fuego. Más tarde reunieron la leña contra una de las ruedas de la carreta. Así quedó perfectamente ordenado y limpio el campamento.

Mamá llevó de la carreta el cazo con jabón líquido. Se

recogió la falda y se arremangó antes de arrodillarse junto al barreño colocado en la hierba. Luego lavó sábanas y fundas de almohadas, ropa interior, vestidos y camisas y aclaró todas las piezas antes de extenderlas sobre la hierba limpia para que se secaran al sol.

Mary y Laura se dedicaron a explorar los alrededores. No debían alejarse de la carreta, pero era divertido correr entre las altas hierbas, al sol y al viento. Ante ellas saltaban enormes conejos y algunas aves alzaban el vuelo para posarse un poco más allá. Por todas partes brujuleaban los pajarillos cuyos pequeños nidos menudeaban entre las enredaderas silvestres. Y por todas partes había ardillas de color castaño.

Estos animalitos parecían de terciopelo. Tenían ojos redondos y brillantes, hocicos arrugados y diminutas garras. Surgían de agujeros del suelo y se erguían para observar a Mary y a Laura. Plegaban sus patas traseras bajo sus ancas y las delanteras contra el pecho y tomaban exactamente el aspecto de palos secos clavados en tierra. Sólo resplandecían sus ojillos. Mary y Laura quisieron capturar uno para llevárselo a mamá. Una y otra vez estuvieron casi a punto de atrapar una ardilla. Se quedaban perfectamente quietas hasta que estaban seguras de que esa vez una sería suya; luego, a punto de alcanzarla, desaparecía y sólo quedaba un redondo agujero en el suelo.

Laura corrió y corrió sin lograr atrapar a ninguna. Mary se quedó totalmente inmóvil junto a un agujero, esperando a que alguna asomara por allí. Alrededor de ella las ardillas correteaban alegremente, deteniéndose de vez en cuando para observarla, pero ninguna salió por aquel agujero.

De repente flotó una sombra sobre la hierba y todas las ardillas desaparecieron. Un halcón sobrevolaba la pradera. Se acercó tanto que Laura vio cómo se fijaban en ella sus malignos ojos. Distinguió su acerado pico y sus terribles garras, listas para clavarse. Pero el halcón no vio más que a Laura y a Mary en torno a agujeros vacíos en el suelo. Entonces se alejó en busca de otro lugar en que hallar una presa.

Y en seguida las ardillas reaparecieron. Para entonces era ya cerca de mediodía. El sol estaba casi por encima de sus cabezas. Así que Laura y Mary recogieron flores de la maleza y se las llevaron a mamá en vez de volver con una ardilla.

Mamá doblaba la ropa ya seca. Las braguitas y las enaguas habían quedado más blancas que la nieve, el sol las había calentado y olían a hierba. Mamá guardó la ropa en la carreta y tomó las flores. Admiró por igual las que le dio Laura y las que le entregó Mary y las metió juntas en un pequeño cacharro lleno de agua. Luego dejó la vasija sobre el estribo de la carreta para que el campamento tuviera mejor aspecto.

Después cortó dos tortas frías de maíz y las untó de melaza. Dio una a Mary y otra a Laura. Ésta sería su comida y sabía muy bien.

—¿Dónde están los *papooses*, mamá? —preguntó Laura.

—No hables con la boca llena, Laura —le advirtió mamá.

Así que Laura masticó y tragó lo que tenía en la boca y luego dijo:

—Quiero ver a un *papoose*.

—¡Por favor! —replicó mamá—. ¿Tantas ganas tienes de ver indios? Pues ya los verás. Y más de los que desearíamos.

—No nos harán nada, ¿verdad? —preguntó Mary. Mary siempre se comportaba bien. Jamás hablaba con la boca llena.

—No —contestó mamá—. Y quítate esa idea de la cabeza.

—¿Por qué no te gustan los indios, mamá? —preguntó Laura al tiempo que con la lengua recogía un reguero de melaza.

—Sencillamente no me gustan; y no te chupes los dedos.

—Éste es un territorio de indios, ¿no es cierto? —insistió Laura—. ¿Por qué hemos venido entonces hasta aquí si a ti no te gustan?

Mamá respondió que no sabía si era o si no era territorio indio. Ignoraba por dónde pasaba la frontera de Kansas. Pero en cualquier caso los indios no seguirían allí mucho tiempo. A papá le había dicho un hombre de Washington que pronto se abriría a la colonización el territorio indio. Puede que ya se hubiese abierto. No era posible saberlo porque Washington estaba muy lejos.

Luego mamá sacó la plancha de la carreta y la calentó al fuego. Roció un vestido de Mary y otro de Laura, un vestido de Carrie y su propio vestido estampado de percal. Tendió una manta y una sábana sobre el pescante de la carreta y planchó la ropa.

Carrie dormía en la carreta. Laura, Mary y *Jack* se tendieron a la sombra sobre la hierba porque el sol pegaba de firme. *Jack* tenía abierta la boca, de la cual colgaba su lengua roja, y sus ojos parpadeaban soñolientos. Mamá canturreaba por lo bajo mientras con la plancha hacía desaparecer las arrugas de los vestiditos. Alrededor de ellas y hasta el mismo fin del mundo no había más que hierba ondulada por el viento.

En lo alto, unas nubecillas blancas cruzaban por el claro cielo azul.

Laura se sentía muy a gusto. El viento susurraba en la hierba una canción. Las chicharras atronaban por toda la inmensa pradera. De los árboles que se alzaban allá abajo, junto a la orilla del riachuelo, llegaba un tenue zumbido. Pero todos estos sonidos formaban un silencio enorme, cordial y agradable. Laura jamás había estado en un sitio que le gustara tanto.

No supo que se había dormido hasta que se despertó. *Jack* se hallaba a sus pies, meneando su corta cola. El sol ya estaba bajo y papá se acercaba, cruzando la pradera. Laura se puso en pie de un salto y corrió hacia él hasta que alcanzó la larga sombra que proyectaba su padre.

Alzó la mano que sujetaba las piezas para que las vieran. Llevaba un conejo, el más grande que ella hubiese visto nunca, y dos rollizas perdices blancas. Laura dio varios botes, aplaudió y chilló. Luego le agarró por la otra manga y caminó dando saltos junto a él entre las altas hierbas.

—Esta tierra rebosa de caza —le dijo—. Si no he visto cincuenta ciervos, no he visto ninguno, y además cervicabras, ardillas, conejos y aves de todas clases. El río está lleno de peces.

Luego afirmó a mamá:

—Te lo aseguro, Caroline, aquí hay todo lo que queramos. ¡Podemos vivir como reyes!

Fue una cena maravillosa. Sentados junto al fuego, comieron hasta hartarse una carne sabrosa y fragante. Cuando Laura dejó por fin su plato, suspiró de satisfacción. No deseaba nada más en el mundo.

Los últimos colores desaparecían del enorme cielo y toda la planicie se hallaba sumida en las sombras. El calor del fuego era agradable porque el viento de la noche resultaba fresco. Unas moscaretas cantaban melancólicamente entre los árboles del río. Durante unos instantes oyeron a un bisonte; después salieron las estrellas y callaron los pájaros.

A la luz de las estrellas, papá tocó quedamente su violín. A veces cantaba un poco y a veces sólo sonaba el violín. Dulce, tenue y lejano prosiguió su canto:

Todos te adoraban,
amada de mi corazón...

Del cielo colgaban las grandes y brillantes estrellas. Poco a poco se acercaron, vibrando con la música.

Laura se quedó sin aliento y mamá acudió al instante.

—¿Qué te sucede, Laura?

—Están cantando las estrellas.

—Te has quedado dormida —dijo mamá—, es sólo el violín. Ya es hora de que las niñas pequeñas se vayan a la cama.

Desnudó a Laura a la luz de la hoguera, le puso el

camisón y le ató su gorro. Después la metió en la cama. Pero el violín aún sonaba a la luz de las estrellas. La noche rebosaba música y Laura estaba segura de que en parte procedía de las estrellas grandes y brillantes que se cernían tan próximas sobre la pradera.

5

LA CASA DE LA PRADERA

Laura y Mary se levantaron al día siguiente antes de que saliera el sol. Desayunaron gachas de maíz con salsa de perdiz blanca y se apresuraron a ayudar a mamá a fregar los platos. Papá lo cargó todo en la carreta y luego enganchó a *Pet* y a *Patty*.

Cuando salió el sol, ya estaban en marcha a través de la pradera. Ahora no había camino. *Pet* y *Patty* se abrían paso entre la hierba y la carreta sólo dejaba tras de sí las huellas de sus ruedas.

Antes del mediodía, papá gritó:

—¡So!

El carro se detuvo.

—¡Ya hemos llegado, Caroline! —declaró—. En este lugar construiremos nuestra casa.

Laura y Mary saltaron sobre el pesebre y se dejaron caer al suelo a toda prisa. A su alrededor no había más que la pradera, que se extendía hasta juntarse con el cielo en el horizonte.

Muy cerca, por el norte, corría el riachuelo, más abajo de la pradera. Asomaban las copas de algunos árboles de un verde más oscuro y, más allá, el borde de los riscos que ceñían la pradera. Muy lejos, hacia el este, se extendía una línea quebrada de diferentes tonos de verde y papá explicó a mamá:

—Por allá corre el río Verdigris.

Al instante papá y mamá empezaron a descargar la carreta. Sacaron todo y lo apilaron en el suelo. Luego quitaron el toldo de la carreta y cubrieron los fardos levantando una especie de tienda. Después desmontaron incluso la caja del vehículo mientras Laura, Mary y *Jack* los observaban.

La carreta había sido su hogar durante largo tiempo. Ahora ya no quedaban más que las cuatro ruedas y las vigas que las unían. *Pet* y *Patty* aún seguían enganchadas. Papá tomó un cubo y una hacha y, sentándose en ese vehículo esquelético, se puso en marcha, pradera adelante, hasta perderse de vista.

—¿Adónde va papá? —preguntó Laura.

—Va en busca de una carga de troncos de la ribera del riachuelo —respondió mamá.

Resultaba extraño y daba miedo quedarse sin la carreta en la pradera. La tierra y el cielo parecían demasiado grandes y Laura se sintió muy pequeña. Hubiera querido ocultarse, muy quieta entre las hierbas, como una perdiz blanca. Pero no lo hizo. Empezó a ayudar a mamá mientras Mary, sentada en la hierba, cuidaba de Carrie.

En primer lugar mamá y Laura hicieron las camas bajo la lona de la carreta. Luego mamá ordenó cajas y

40

fardos mientras Laura arrancaba toda la hierba de alrededor de la tienda. Así quedó un lugar despejado para hacer fuego. Pero no podían encenderlo hasta que papá trajera la leña. No quedaba más que hacer y Laura se dedicó a explorar un poco. No se alejó mucho de la tienda. Pero encontró una especie de extraño túnel entre la hierba. No era posible distinguirlo si se observaba desde lejos la parte superior del herbazal. Pero al acercarse había un sendero estrecho y recto que se prolongaba por la interminable pradera.

Laura avanzó un poco. Caminaba lentamente, cada vez más despacio, hasta que se detuvo, sintiendo algo extraño. Giró sobre sí misma y luego regresó rápidamente. Cuando miró no vio nada, pero apresuró el paso.

Cuando papá regresó con los troncos, Laura le habló del túnel. Él le respondió que lo había visto el día anterior.

—Es un antiguo sendero —afirmó.

Aquella noche, junto al fuego, Laura volvió a preguntar cuándo vería a un *papoose*, pero papá no lo sabía. Le explicó que uno nunca veía indios a no ser que los indios quisieran ser vistos. Él había visto indios de chico, cuando vivía en el estado de Nueva York, pero Laura jamás había visto a ninguno. Sabía que eran hombres salvajes, de piel roja, y que a sus hachas se las llamaba tomahawks.

Papá sabía todo acerca de los animales salvajes, así que también debía de saber acerca de los hombres salvajes. Laura pensaba que un día le enseñaría a un *papoose* del mismo modo que le había enseñado cervatillos, ositos y lobos.

Papá arrastró troncos durante varios días. Hizo dos pilas, una para la casa y otra para la cuadra. Comenzó a surgir un camino por donde iba y venía desde la hondonada del riachuelo. Y por la noche, sujetas a sus sogas, *Pet* y *Patty* comían hierba hasta que empezó a escasear en torno a los montones de troncos. Papá comenzó primero la construcción de la casa. Marcó su trazado en el suelo y luego, con el azadón, cavó un surco a lo largo de dos de los costados del trazado. En esos surcos metió dos de los troncos mayores. Eran gruesos y sólidos porque tenían que sostener la casa. Se les llamaba soleras.

Luego papá eligió otros dos troncos gruesos y fuertes y los colocó de punta a punta de las soleras, formando un cuadro. Con el hacha abrió una ranura ancha y honda en cada extremo, de modo tal que encajara dentro la mitad del grosor de las soleras. Cuando hubo acabado, dio la vuelta a los troncos y los encajó.

Así terminó los cimientos de la casa que tenían de altura lo que medían de ancho los troncos. Las soleras estaban semienterradas en el suelo. En las esquinas las muescas se ajustaban, dejando sólo un pequeño cabo más allá del cruce de los travesaños.

Al día siguiente papá empezó con las paredes. Acercó un tronco a cada lado y abrió unas muescas en sus extremos para encajarlo en los extremos de los troncos inferiores. Así la casa alcanzó ya la altura de los troncos.

Los troncos se ajustaban sólidamente en los extremos. Pero ningún tronco es perfectamente recto y todos son más gruesos por una punta que por la otra, así que quedaban grietas en las paredes, aunque eso no importaba porque papá las taparía.

Él solo alzó los muros de la casa hasta que tuvieron una altura de tres troncos. Entonces mamá lo ayudó. Papá alzaba un extremo del tronco hasta lo alto de la pared y luego mamá lo sujetaba mientras él levantaba el otro extremo. Él se subía a la pared para abrir las muescas y mamá lo ayudaba a girar y sostener el tronco hasta que encajaba perfectamente con los otros.

Tronco a tronco levantaron las paredes hasta que fueron muy altas y Laura no pudo ver ya lo que había al otro lado. Estaba cansada de ver a papá y a mamá construir la casa y fue a mirar entre las hierbas. De repente oyó a papá gritar:

—¡Suéltalo! ¡Sal de ahí!

El enorme y pesado tronco estaba deslizándose. Papá trataba de sujetar un extremo para impedir que cayera sobre mamá. Pero no pudo. El tronco cayó. Laura vio a mamá desplomada en el suelo.

Acudió a ella casi tan rápidamente como papá. Papá se arrodilló y llamó a mamá con una voz terrible. Mamá respondió entre suspiros:

—Estoy bien.

El tronco se hallaba sobre uno de sus pies. Papá lo levantó y mamá retiró su pie. Papá la palpó para ver si tenía roto algún hueso.

—Mueve los brazos —le dijo—. ¿Te duele la espalda? ¿Puedes girar la cabeza?

Mamá movió los brazos y giró la cabeza.

—Gracias a Dios —declaró papá.

Ayudó a mamá a sentarse.

—Estoy bien, Charles —repitió mamá—. Ha sido sólo el pie.

Rápidamente papá le quitó el zapato y la media. Palpó el pie por todas partes, movió el tobillo y tocó el empeine y cada uno de los dedos.

—¿Te duele mucho? —inquirió.

Mamá tenía la cara de color ceniza y apretaba con fuerza los labios.

—No mucho —replicó.

—No hay fractura —afirmó papá—. Sólo ha sido un esguince.

—Bien, un esguince pasa pronto. No te alarmes —dijo mamá animosamente.

—La culpa es mía —declaró papá—. Debería haber empleado varaderas.

Ayudó a mamá a ir hasta la tienda. Encendió fuego y calentó agua. Cuando estuvo a una temperatura alta pero que mamá pudiera resistirla, ella metió su pie hinchado en el agua.

Había sido providencial que el pie no quedase aplastado. La había salvado un pequeño bache en el suelo.

Papá siguió echando más agua caliente en el barreño en donde mamá había metido el pie. Ya estaba enrojecido por el calor y el hinchado tobillo empezó a tornarse purpúreo. Mamá sacó el pie del agua y se vendó una y otra vez el tobillo, apretando con fuerza.

—Puedo arreglármelas —dijo.

No consiguió ponerse el zapato. Pero lió más trapos en torno al pie y luego se levantó. Hizo la cena como de costumbre, aunque un poco más lentamente. Sin em-

44

bargo, papá declaró que no podría ayudarlo a construir la casa hasta que se hubiera restablecido del tobillo.

Cortó unas varaderas. Eran unos largos tablones que por un extremo se apoyaban en el suelo y por el otro en la pared de troncos. Ya no alzaría más troncos; mamá y él los empujarían sobre las varaderas hasta arriba.

Pero el tobillo de mamá aún no estaba bien. Cuando se quitaba el vendaje por la noche para meterlo en agua caliente aparecía todo púrpura y negro, verde y amarillento. La casa tendría que esperar.

Hasta que una tarde papá regresó silbando alegremente por el camino del riachuelo. Había salido a cazar y no lo esperaban tan pronto. En cuanto las vio, gritó:

—¡Buenas noticias!

Tenían un vecino, a sólo unos tres kilómetros, al otro lado del riachuelo. Papá le encontró en el bosque. Habían decidido que se ayudarían mutuamente porque así las cosas serían más fáciles para los dos.

—Está soltero —dijo papá— y afirma que puede pasarse sin una casa mejor que las niñas y tú. Así que primero me ayudará. Luego, tan pronto como tenga listos sus troncos, yo iré a echarle una mano.

Ya no necesitaban esperar más por la casa ni mamá tendría que trabajar en su construcción.

—¿Qué te parece, Caroline? —le preguntó alegremente papá.

—Gracias a Dios, Charles. Estoy encantada —repuso mamá.

A la mañana siguiente se presentó el señor Edwards. Era delgado, alto y moreno. Se inclinó ante mamá y la llamó cortésmente «señora». Pero a Laura le dijo que él era un gato montés de Tennessee. Calzaba botas altas y vestía una zamarra raída. Se tocaba con un gorro de piel de mapache y podía escupir el tabaco mascado más lejos de lo que Laura hubiera imaginado que llegaría cualquiera. Y además con una puntería infalible. Laura probó una vez y otra a escupir, pero nunca consiguió llegar tan lejos ni con la precisión del señor Edwards. Trabajaba con rapidez. En un solo día papá y él alzaron los muros hasta la altura que papá quería. Bromeaban y cantaban mientras trabajaban y sus hachas hacían volar las astillas.

Montaron sobre lo alto de los muros el esqueleto de travesaños del tejado. Luego, en el muro del sur abrieron un agujero alto en donde iría la puerta y en el del este unos agujeros cuadrados que serían las ventanas.

Laura no podía esperar a ver el interior de la casa. Tan pronto como acabaron el agujero de la puerta, corrió adentro. Haces de rayos solares penetraban por las grietas de la pared de poniente y de arriba caían las sombras del entramado. Las listas de luz y de sombras se dibujaban sobre las manos, los brazos y los pies descalzos de Laura. Y, a través de las grietas entre los troncos, podía ver fragmentos de la pradera. El olor dulzón de la pradera se mezclaba con el olor dulzón de la madera.

Luego, cuando papá cortó los troncos de la pared de poniente para hacer el agujero de otra ventana, penetró el sol a chorros. Al acabar, sobre el suelo del interior de la casa había un gran pedazo iluminado por el sol.

En torno al agujero de la puerta y en las aberturas de

las ventanas, papá y el señor Edwards clavaron contra los troncos cortados unas tablas delgadas. Y así quedó construida la casa, salvo el tejado. Los muros eran sólidos y la casa grande, mucho más grande que la tienda. Era una casa agradable.

El señor Edwards dijo que se marchaba a su casa, pero papá y mamá le dijeron que tenía que quedarse a cenar. Mamá había preparado una cena especialmente buena porque tenían compañía.

Había un guisado de liebre con buñuelos. Había una gruesa y caliente torta de maíz sazonada con tocino entreverado. Había melaza para acompañar la torta, pero como tenían un invitado, no endulzaron el café con la melaza, sino que mamá sacó la bolsita de papel con azúcar moreno.

El señor Edwards dijo que le había encantado la cena.

Luego papá sacó el violín.

El señor Edwards se tendió en el suelo para escuchar. Pero primero papá tocó en honor de Laura y Mary su canción favorita y la cantó. A Laura le gustaba esa canción más que ninguna otra porque en ella la voz de papá se hacía cada vez más grave.

¡Oh, soy un rey gitano!
¡Voy y vengo como me place!
Y así, libre de cuitas,
me pongo el mundo por montera.

Luego su voz bajaba todavía más de tono hasta ser más grave que el croar de la más vieja rana.

47

¡Oh,
soy
un
REY
gitano!

Todos se echaron a reír. Laura apenas podía contener sus carcajadas.

—¡Cántala otra vez, papá! ¡Cántala otra vez! —gritó.

Papá siguió tocando y todo el mundo se puso a bailar. El señor Edwards se alzó sobre un codo, luego se sentó de un salto, después se puso en pie de otro salto y bailó. A la luz de la luna danzaba como una marioneta mientras papá seguía tocando alegremente y golpeaba en el suelo con un pie. Laura y Mary batían palmas al tiempo y también marcaban el ritmo con sus pies.

—¡Usted es el violinista más divertido que he oído jamás! —gritó admirado el señor Edwards a papá.

No dejaba de bailar y papá no dejaba de tocar. Interpretó *El olor del dinero* y *Viajero de Arkansas* y *Lavandera irlandesa* y *La gaita del diablo.*

Carrie no podía dormir con toda aquella música. Sentada en el regazo de mamá, miraba al señor Edwards con sus ojillos redondos, palmoteaba con sus manitas y reía.

Incluso las llamas bailaban y también danzaban en torno a todas las sombras. Sólo la nueva casa permanecía quieta y silenciosa en la oscuridad hasta que salió una enorme luna y relucieron sus grises muros y las amarillentas astillas que había por todas partes.

El señor Edwards dijo que tenía que marcharse. Le quedaba un largo camino hasta su lugar de acampada al otro lado del bosque y del riachuelo. Tomó su fusil y dio las buenas noches a Laura, a Mary y a mamá. Afirmó que vivía muy solo y que desde luego había disfrutado con aquella velada de vida familiar.

—¡Toque, Ingalls! —le pidió—. ¡Tóquemelo para el camino!

Así que cuando tomó el sendero del riachuelo y se perdió de vista, papá tocó y, junto a él, el señor Edwards y Laura cantaron con todas sus fuerzas:

El viejo Dan Tucker era un buen hombre.
Se lavaba la cara en la sartén,
se peinaba con la rueda de un carro
y murió de un dolor de muelas en el zancajo.

¡Haced sitio al viejo Dan Tucker,
que llega tarde para la cena!
¡La cena ha concluido y fregados están los platos,
no queda más que un pedazo de calabaza!

El viejo Dan Tucker fue a la ciudad,
montado en una mula y seguido de un perro...

Hasta muy lejos en la pradera llegaron el vozarrón de papá y la vocecilla de Laura y desde la hondonada del riachuelo les alcanzaron, ya muy tenues, los últimos gritos del señor Edwards.

¡Haced sitio al viejo Dan Tucker,
que llega tarde para la cena!

Cuando papá dejó de tocar el violín ya no pudo oír al señor Edwards. Sólo el viento gemía entre las hierbas de la pradera. La luna enorme y amarillenta cruzaba muy alta por encima. El cielo estaba tan lleno de luz que no parpadeaba ninguna estrella y toda la pradera rebosaba de leves sombras.

Luego, entre los árboles del riachuelo, empezó a cantar un ruiseñor.

Todo callaba, escuchando el canto del ruiseñor. El pájaro cantaba y cantaba. El viento fresco corrió sobre la pradera y el canto se impuso al murmullo de las hierbas. El cielo era como un cuenco de luz vuelto al revés sobre aquella tierra llana y oscura.

El canto concluyó. Nadie se movió ni habló. Laura y Mary callaban, papá y mamá estaban sentados, inmóviles. Sólo se agitaba el viento y suspiraban las hierbas. Luego papá se llevó el violín al hombro y quedamente pasó el arco sobre las cuerdas. Unas cuantas notas como gotas de agua clara en el silencio. Una pausa y papá comenzó a imitar el canto del ruiseñor. El ruiseñor respondió, comenzó a cantar de nuevo. Cantaba con el acompañamiento del violín de papá.

Cuando las cuerdas enmudecieron, el ruiseñor siguió cantando. El pájaro y el violín se hablaban en la fresca noche bajo la luna.

6

LA MUDANZA

—Las paredes ya están alzadas —dijo papá a mamá por la mañana—. Mejor será que nos instalemos adentro como podamos, aunque aún falten el suelo y algunos otros arreglos. He de construir una cuadra tan pronto como pueda, de modo que *Pet* y *Patty* se hallen también protegidas por muros. Anoche oí aullar a los lobos por todas partes, o eso me pareció, y además muy cerca.

—Tenemos tu fusil, así que no te preocupes —repuso mamá.

—Sí, y también a *Jack*. Pero me sentiré más tranquilo cuando las niñas y tú os encontréis tras sólidas paredes.

—¿Por qué crees que no hemos visto todavía a ningún indio? —preguntó mamá.

—Pues no lo sé —replicó papá despreocupadamente—. He visto sus lugares de acampada entre los riscos. Supongo que habrán ido de cacería.

—¡Niñas! ¡Ya ha salido el sol! —gritó entonces mamá.

Laura y Mary abandonaron su cama y se vistieron.

—Desayunad rápido —les dijo mamá mientras les servía los restos de la enorme liebre en sus platos de estaño—. Hoy tenemos que instalarnos en la casa y hay que retirar todas las astillas.

Así que desayunaron en un periquete y recogieron todas las astillas del interior de la casa. Iban y venían tan aprisa como podían, recogiendo en las faldas muchas astillas que luego apilaban cerca del fuego. Pero aún quedaban astillas en el suelo cuando mamá empezó a barrer con su escoba de verdasca.

Mamá cojeaba aún, aunque su tobillo comenzaba a mejorar. Acabó de barrer en seguida el suelo de tierra y Mary y Laura empezaron a ayudarla a meter cosas en la casa.

Papá estaba en lo alto de los muros, extendiendo la lona de la carreta sobre los travesaños que sostendrían el tejado. La lona se hinchaba con el viento que agitaba la barba de papá y levantaba sus cabellos como si fueran a escapársele. Sujetaba con fuerza la lona. Una vez sopló el viento con tal vigor que Laura pensó que su padre volaría por los aires con la lona. Pero él se afirmaba bien al muro con las piernas y retenía la lona hasta que logró atarla.

—¡Aquí! —dijo a la lona—. Quédate en donde estás, soo...

—¡Charles! —lo interrumpió mamá.

Se detuvo, cargada de colchas, y lo miró con expresión reprobadora.

—... bre las tablas —añadió papá a la lona—. ¿Qué pensabas, Caroline, que iba a decir?

—Oh, Charles —repuso mamá—. ¡Menudo bribón!

52

Papá bajó por la esquina de la casa. Como asomaban los extremos de los troncos, podía emplearlos como escala. Se pasó la mano por el pelo, que cobró un aspecto más salvaje, y mamá se echó a reír. Luego la abrazó a pesar de las colchas.

Juntos miraron la casa y papá dijo:

—Tiene muy buen aspecto.

—Doy gracias por vivir aquí —declaró mamá.

No había puerta ni ventanas. No había más suelo que la tierra ni más tejado que la lona. Pero aquella casa contaba con cuatro sólidos muros y se quedaría donde estaba. No era como la carreta, que cada mañana emprendía el camino hacia otro sitio.

—Nos irá bien aquí, Caroline —dijo papá—. Ésta es una buena tierra. Ésta es una tierra en donde me gustaría quedarme el resto de mi vida.

—¿Incluso cuando esté colonizada? —preguntó mamá.

—Incluso entonces. Por cerca que se instalen los vecinos, aquí nunca sentirá uno que vive hacinado. ¡Mira ese cielo!

Laura sabía lo que quería decir. También a ella le gustaba el sitio. Le gustaban el enorme cielo y los vientos y la llanura cuyo final no podía ver. Todo era fresco, limpio, grande y espléndido.

Para la hora de comer, la casa ya estaba en orden. Las camas habían sido hechas con cuidado en el suelo. Como asientos emplearon el pescante de la carreta y dos tocones. Sobre la entrada, sujeto con estaquillas, estaba el fusil de papá. Cajas y fardos habían sido dispuestos contra las paredes. Era una casa agradable.

A través de la lona de arriba les llegaba una suave luz; por los agujeros de las ventanas penetraban el viento y el sol, y cada grieta en los cuatro muros relucía notablemente porque el sol estaba en lo alto.

Sólo el fuego de la acampada seguía donde había estado. Papá dijo que tan pronto como pudiera construiría una chimenea en la casa. Tendría también que cortar tablones para hacer un tejado sólido antes de que llegase el invierno. Tendería un tablado para el suelo y haría camas, mesas y sillas. Pero toda esa tarea había de aguardar hasta que hubiese ayudado al señor Edwards y hubiese construido una cuadra para *Pet* y *Patty*.

—Cuando todo eso esté terminado —dijo mamá—, yo quiero un tendedero.

Papá se echó a reír.

—Sí, y yo quiero un pozo.

Después de comer enganchó a *Pet* y a *Patty* a la carreta y trajo del riachuelo un barreño de agua para que mamá pudiese lavar.

—Podrías lavar las ropas en el riachuelo —declaró—. Eso hacen las mujeres indias.

—Si quisiéramos vivir como los indios, podrías hacer un agujero en el techo para dejar salir el humo y haríamos fuego dentro de la casa —repuso mamá—. Eso hacen los indios.

Aquella tarde lavó la ropa en el barreño y la puso a secar sobre la hierba.

Después de cenar se quedaron un rato junto al fuego. Aquella noche dormirían en la casa. Ya no volverían a dormir junto a una hoguera. Papá y mamá hablaron de la gente de Wisconsin y mamá hubiera querido enviarles una carta. Pero Independence estaba a sesenta kilómetros y no podrían enviar ninguna carta hasta que papá hiciera el largo viaje a esa población.

El abuelo y la abuela, las tías y los tíos y los primos ignoraban dónde estaban papá y mamá, Laura, Mary y Carrie. Y aquí, sentados junto al fuego, nadie sabía lo que habría podido suceder en el lejano Wisconsin. No había manera de averiguarlo.

—Bien, es hora de acostarse —dijo mamá.

Carrie estaba ya dormida. Mamá la llevó a la casa y la desnudó mientras Mary desabotonaba el vestido y la enagua de Laura por la espalda y papá colgaba una colcha sobre el agujero de la puerta. Luego papá salió para traer a *Pet* y a *Patty* más cerca de la casa.

Desde afuera dijo quedamente:

—Ven, Caroline, y observa la luna.

Mary y Laura se quedaron en su camita en el suelo de la nueva casa y contemplaron el cielo de levante por el agujero de la ventana. En el borde inferior de ésta relucía un pequeño pedazo de la enorme y clara luna. Laura se sentó en la cama y contempló la luna que calladamente ascendía por el cielo despejado.

Su luz trazaba rayas plateadas en todas la grietas de ese muro. La luz penetraba por el agujero de la ventana y formaba un cuadrado iluminado en el suelo. Era tanta la luz, que Laura vio muy bien a mamá cuando ésta alzó la colcha de la entrada y penetró en la casa.

Entonces Laura se echó a toda prisa en la cama antes de que mamá la viese sentada y la riñera por ser desobediente.

Oyó cómo *Pet* y *Patty* relinchaban por lo bajo al acercarse papá. Luego percibió a través del suelo el quedo resonar de sus cascos. *Pet* y *Patty* se acercaban a la casa y Laura oyó cantar a papá.

¡Navega, luna de plata!
Derrama tu luz por el cielo...

Parecía como si su voz formase parte de la noche, de la luz de la luna y de la quietud de la pradera. Llegó hasta la entrada, cantando:

—Bajo la pálida luz plateada de la luna...

En voz baja, mamá le dijo:

—Silencio, Charles. Despertarás a las niñas.

Así que papá entró muy silencioso. *Jack* le pisaba los talones y se tendió en la entrada. Ahora todos estaban dentro de su nueva casa, tras sus sólidos muros, cómodos y seguros. Medio dormida, Laura oyó el largo aullido de un lobo que surgía de muy lejos en la pradera. Pero sólo sintió un ligero estremecimiento por la espalda y se quedó dormida.

7

LA MANADA DE LOBOS

En un solo día papá y el señor Edwards construyeron la cuadra para *Pet* y *Patty*. Incluso montaron el tejado, y trabajaron hasta tan tarde que mamá hubo de retrasar la cena.

La cuadra carecía de puerta, pero a la luz de la luna papá clavó en el suelo dos sólidos postes, bien afirmados, y luego colocó, uno tras otro, muchos troncos hendidos a través de la entrada. Los postes los sostuvieron, constituyendo un sólido muro.

—¡Y ahora —declaró papá— ya pueden aullar esta noche los lobos, que yo dormiré tranquilo!

Por la mañana, cuando alzaron los troncos hendidos que había detrás de los postes, Laura se quedó de una pieza. Junto a *Pet* había un potrillo de puntiagudas orejas y largas y vacilantes patas.

Cuando Laura corrió hacia él, la cariñosa *Pet* echó hacia atrás las orejas y le mostró los dientes.

—¡Retírate, Laura! —dijo papá secamente.

Y después añadió a *Pet*:

—Vamos, *Pet*, sabes que no haremos nada malo a tu potrillo.

Pet le replicó con un quedo relincho. Después dejaría a papá que acariciara su potrillo, pero no permitiría que se aproximasen Laura o Mary. Cuando la miraban a través de las grietas de los muros de la cuadra, *Pet* desorbitaba los ojos y les mostraba los dientes. Jamás habían visto a un potro con las orejas tan largas. Papá dijo que era un mulo, pero Laura afirmó que parecía un conejo. Y lo llamaron *Bunny*.

Cuando *Pet* estaba en el pesebre, mientras *Bunny* jugueteaba a su lado y curioseaba el enorme mundo, Laura tenía que cuidar atentamente de Carrie. Si alguien que no fuese papá se acercaba a *Bunny*, *Pet* relinchaba enfurecida y se hubiera lanzado a morder incluso a la niña pequeña.

A primera hora de la tarde papá se alejó como todos los domingos montado en *Patty* para explorar la pradera. Había mucha carne en casa, así que no llevaba el fusil.

Cabalgaba entre las altas hierbas, por el borde de las laderas de la hondonada del riachuelo. Las aves alzaban el vuelo ante él, daban vueltas en el aire y luego se sumían en el herbazal. Mientras avanzaba, papá observaba la hondonada del riachuelo; quizá miraba a ver si podía distinguir ciervos pastando por allí. Luego *Patty* se lanzó al galope y rápidamente papá y la yegua se empequeñecieron. Pronto sólo quedaron hierbas ondulantes.

Terminaba ya la tarde y papá aún no había regresado. Mamá removió las brasas del fuego y echó astillas encima. Luego empezó a preparar la cena. Mary estaba en la casa, cuidando de la pequeña, y Laura preguntó a mamá:

—¿Qué le pasa a *Jack*?

Jack iba de un lado para otro con aire inquieto. Arrugaba el hocico y se le erizaba el pelo del cuello. Luego se tendía para levantarse al punto. De repente *Pet* comenzó a golpear el suelo con los cascos. Describió el círculo que le permitía la soga a la que estaba sujeta y relinchó por lo bajo. *Bunny* no se apartaba de su lado.

—¿Qué es lo que pasa, *Jack*? —preguntó mamá.

El perro la miró, pero nada podía decirle. Mamá observó en torno a ella todo el círculo de tierra y cielo. No conseguía ver nada extraño.

—Es probable que no sea nada, Laura —declaró.

Reunió las brasas en torno a la cafetera y la araña y colocó otras encima del horno. La perdiz blanca comenzó a chirriar en la araña y las tortas de maíz empezaron a exhalar un agradable aroma. Pero mamá no dejaba de observar la pradera. *Jack* se movía inquieto y *Pet* no pastaba. Permanecía de cara al noroeste, por donde se había ido papá, y se mantenía muy cerca del potro.

De repente apareció *Patty* corriendo por la pradera. Galopaba con todas sus fuerzas y papá la montaba pegado a su cuello.

Cruzó ante la cuadra antes de que papá pudiera detenerla. Se detuvo tan en seco que casi se quedó sentada sobre sus cuartos traseros. Todo su cuerpo temblaba y por su negro pelaje corrían chorros de sudor y de espuma. Papá desmontó. También él respiraba con evidente dificultad.

—¿Qué es lo que sucede, Charles? —preguntó mamá.

Papá miraba hacia el riachuelo, así que mamá y Laura miraron hacia allá también. Pero sólo pudieron ver el espacio por encima de la hondonada, las copas de algunos árboles y los lejanos riscos de tierra.

—¿Qué pasa? —volvió a preguntar mamá—. ¿Por qué has venido al galope?

Papá respiró hondo.

—Temía que los lobos llegasen antes que yo. Pero ya veo que aquí todo está en orden —dijo papá—. Déjame que recobre el aliento.

Cuando se repuso explicó:

—No lancé a *Patty* a un galope como ése. Hacía cuanto podía por dominarla. Cincuenta lobos, Caroline, los más grandes que he visto nunca. Ni por todo el oro del mundo querría volver a vivir algo semejante.

Justo entonces una sombra se extendió sobre la pradera porque se había puesto el sol y papá dijo:

—Ya te lo contaré más tarde.

—Cenaremos en la casa —declaró mamá.

—No hace falta —replicó él—. *Jack* nos advertirá con tiempo de sobras.

Trajo a *Pet* y a su potrillo del lugar en donde estaba atada la yegua. No se los llevó con *Patty* a que bebieran en el riachuelo, como solía hacer, sino que les dio de beber en el barreño de mamá, que estaba lleno de agua y dispuesto para que lavara al día siguiente. Frotó y secó los sudados flancos de *Patty* y la metió en la cuadra con *Pet* y *Bunny*.

Ya estaba lista la cena. La hoguera trazaba un círculo de luz en la oscuridad. Laura y Mary permanecían muy cerca del fuego y mantenían consigo a Carrie. Podían sentir que los envolvía la negrura y no dejaban de mirar hacia atrás, al punto en donde la oscuridad se mezclaba con el borde del círculo iluminado. Por allí se movían las sombras como si estuviesen vivas.

Jack, sentado sobre sus patas traseras, permanecía junto a Laura. Alzaba los bordes de sus orejas, escuchando la negrura. De vez en cuando daba una vuelta en torno a la hoguera y volvía a sentarse al lado de Laura. El pelo le caía lacio sobre su ancho cuello y no gruñía. Mostraba un poco los dientes, pero era porque se trataba de un bulldog.

Laura y Mary comieron sus tortas de maíz y los muslos de la perdiz blanca, escuchando lo que papá le contaba a mamá acerca de los lobos.

Había encontrado más vecinos. Estaban llegando colonos que se instalaban a uno y otro lado del riachuelo. A menos de cinco kilómetros de allí, en una hondonada de la pradera alta, un hombre y su esposa construían una casa. Se apellidaban Scott y papá dijo que eran buena gente. Unos diez kilómetros más allá vivían dos hombres en una casa. Habían adquirido dos granjas y construido su residencia en la linde que las separaba. La litera de uno de los hombres estaba junto a una pared de la casa y la otra pegada a la pared de enfrente. Así cada uno dormía en su propia granja aunque se hallaran en la misma casa y ésta tuviera sólo dos metros y medio de anchura. Cocinaban y comían en el centro de la habitación.

Papá aún no había dicho nada acerca de los lobos. Laura hubiera querido que empezara a hablar de eso. Pero sabía que no debía interrumpir a papá cuando estaba hablando.

Afirmó que aquellos hombres ignoraban que hubiese alguien más en la comarca. Sólo habían encontrado indios. Así que se alegraron al ver a papá y él se quedó más tiempo de lo que había pensado.

A poco de partir, y desde un montículo de la pradera, divisó una mancha blanca en la hondonada del riachuelo. Pensó que sería una carreta entoldada y así fue. Cuando llegó encontró a un hombre con su mujer y cinco chicos. Venían de Iowa y habían acampado en la hondonada porque uno de sus caballos estaba enfermo. El caballo ya se encontraba mejor, pero el nocivo aire nocturno, hallándose tan próximos al riachuelo, les había producido malaria. El hombre, su mujer y los tres hijos mayores se hallaban demasiado débiles para tenerse en pie. El niño y la niña pequeños, no mayores que Mary y Laura, los cuidaban.

Así que papá tuvo que hacer lo que pudo por ellos y luego volvió a la casa de los hombres para informarles del caso. Uno de ellos partió al instante para trasladar a la familia a la pradera alta cuyo aire pronto los restablecería.

Una cosa había llevado a la otra y al final papá se puso en camino de regreso a casa más tarde de lo que había pensado. Tomó un atajo por la pradera y cabalgaba tranquilamente sobre *Patty* cuando de repente salió de un hondón una jauría de lobos. En un instante lo rodearon.

—Eran muchos —declaró papá—, unos cincuenta, y los más grandes que he visto en mi vida. Debían de ser de los que llaman lobos-búfalos. El que los mandaba era un animal enorme y gris que, sin exagerar, medía casi un metro hasta la paletilla. Te aseguro que se me pusieron los pelos de punta.

—Y no te llevaste el fusil —dijo mamá.

—Ya pensé en eso. Pero de nada me hubiera servido el fusil de haberlo tenido. No es posible hacer frente a cincuenta lobos con un fusil. Y *Patty* no podía dejarlos atrás.

—¿Qué hiciste? —inquirió mamá.

—Nada —repuso papá—. No deseaba más que escapar de allí. Pero sabía que si *Patty* se lanzaba a la carrera, aquellos lobos irían tras nosotros y nos derribarían en un minuto. Así es que mantuve a *Patty* al paso.

—¡Dios mío, Charles! —declaró mamá, boquiabierta.

—Sí, no volvería a pasar por eso ni a cambio de todo el dinero del mundo. Caroline, jamás había visto lobos como ésos. Uno trotaba a mi lado, junto a mi espuela, tan cerca que podría haberlo alcanzado en las costillas. Pero no me prestaron atención alguna. Posiblemente acababan de matar una presa y habían estado comiendo todo el día. Te lo aseguro, Caroline, aquellos lobos se limitaron a rodearnos y a trotar junto a nosotros. A plena luz del día. Imagínate, como una jauría de perros y junto a un caballo. Iban por todos lados, saltando, jugando y ladrándose.

—¡Dios mío, Charles! —dijo mamá de nuevo.

El corazón de Laura latía con fuerza y con la boca y los ojos muy abiertos observaba fijamente a papá.

—*Patty* temblaba de pies a cabeza y se rebelaba contra el bocado —afirmó papá—. Le corría el sudor por la piel de lo asustada que estaba. Pero la mantuve al paso y seguimos nuestro camino entre aquellos lobos. Nos acompañaron aproximadamente medio kilómetro o quizá más. El lobo grande trotaba junto a mi espuela como si pensase seguir allí siempre. Entonces llegamos a la cima de un montículo que luego descendía hacia la hondonada del riachuelo. El lobo gris que los mandaba se dirigió hacia abajo y tras él fueron todos los demás. Tan pronto como comenzó el descenso del último, aflojé las bridas a *Patty*. Se lanzó en línea recta hacia casa a través de la pradera. No hubiera corrido más si la hubieran azotado con un látigo de cuero crudo. Yo me sentía muy asustado. Temía que los lobos vinieran hacia aquí antes que yo. Me alegraba saber que tenías el fusil, Caroline. Y que la casa estaba construida. Sabía que con el fusil podrías impedir que los lobos entraran en la casa. Pero *Pet* y el potro estaban afuera.

—No tenías por qué haberte preocupado, Charles —declaró mamá—. Supongo que habría conseguido salvar los caballos.

—No era capaz de pensar entonces con claridad —dijo papá—. Sé que habrías salvado los caballos, Caroline. En cualquier caso, los lobos no te habrían molestado. De haber estado hambrientos, yo no estaría ahora aquí para...

—Las paredes oyen —dijo mamá.

Quería darle a entender que no debía asustar a Mary y a Laura.

—En fin, bien está lo que bien acaba —replicó papá—. Y esos lobos se hallarán ahora a kilómetros de aquí.

—¿Por qué se comportaron así? —le preguntó Laura.

—No lo sé —contestó—. Supongo que estaban hartos de comida y que iban camino del arroyo para beber. O quizá estaban jugando en la pradera y no prestaban atención a nada que no fuese su juego, como hacen a veces las niñas pequeñas. Tal vez vieron que no tenía mi fusil y que no podía hacerles daño. O quizá no habían visto nunca a un hombre y no sabían que los hombres pueden dañarlos. Así que no me prestaron atención.

Dentro de la cuadra, *Pet* y *Patty* se movían inquietas. *Jack* daba vueltas en torno al fuego. Cuando se quedaba quieto y husmeaba el aire, se le erizaba el pelo del cuello.

—¡A la cama, niñas! —dijo mamá alegremente.

Ni siquiera Carrie tenía sueño, pero mamá llevó a todas a la casa. Dijo a Mary y a Laura que se acostaran, puso a Carrie su pequeño camisón y la tendió en la cama grande. Luego salió a fregar los platos. Laura hubiera querido que papá y mamá se metieran en la casa. Le parecía que afuera estaban muy lejos.

Mary y Laura se portaron bien y se quedaron quietas, pero Carrie se sentó y empezó a jugar ella sola a oscuras. En la negrura asomó por la colcha el brazo de papá, y en silencio cogió el fusil. Afuera, junto al fuego, se oyó el entrechocar de los platos. Luego un cuchillo rascó la araña. Mamá y papá hablaban y Laura olió el humo del tabaco.

La casa se hallaba segura, pero no lo parecía porque el fusil de papá no estaba en la entrada y no había puerta; en su lugar sólo había una colcha.

Al cabo de largo tiempo mamá alzó la colcha. Para entonces Carrie ya se había dormido. Mamá y papá entraron muy calladamente y muy calladamente también se metieron en la cama. *Jack* se tendió en la entrada, pero no dejó caer su hocico entre las patas. Tenía alzada la cabeza y escuchaba. Mamá respiraba quedamente, papá con fuerza y también Mary estaba dormida. Pero Laura aguzó sus ojos en la oscuridad para observar a *Jack*. No podía distinguir muy bien si tenía erizado el pelo del cuello.

De repente se sentó en la cama. Se había quedado dormida. La oscuridad había desaparecido. La luz de la luna penetraba por el agujero de la ventana y también se filtraban los rayos lunares por todas las grietas de aquella pared. Papá se recortaba a la luz de la luna contra la ventana. Tenía el fusil.

Muy cerca del oído de Laura aulló un lobo.

Se apartó de la pared. El lobo estaba al otro lado. Laura se hallaba demasiado asustada para emitir sonido alguno. Sentía frío, pero no sólo en la médula sino en todo su cuerpo. Mary se echó la colcha sobre su cabeza. *Jack* gruñó y mostró los dientes ante la entrada.

—Quieto, *Jack* —dijo papá.

Por todos lados penetraban en la casa terribles aullidos y Laura se levantó. Hubiera querido ir junto a papá, pero sabía que en aquel momento no debía estorbarlo. Él volvió la cabeza y la vio de pie, con su camisón.

—¿Quieres verlos, Laura? —preguntó en voz baja.

Laura no podía proferir palabra, pero asintió y cruzó la estancia hasta llegar a él. Papá dejó el fusil contra el muro y la alzó hasta la altura del agujero de la ventana.

Allí, bajo la luz de la luna, estaban sentados los lobos en semicírculo. Afirmados sobre sus ancas, miraron a Laura en la ventana y ella los miró. Nunca había visto lobos tan grandes. El mayor era más alto que Laura, estaba en el centro, exactamente frente a ella. Todo en él era grande: sus orejas puntiagudas y su puntiagudo hocico del que colgaba la lengua: sus robustas paletillas y sus patas delanteras; las dos zarpas y su cola enroscada en torno a los cuartos traseros sobre el suelo. Su pelo era hirsuto y gris y sus ojos lanzaban verdes destellos.

Laura apoyó los dedos de sus pies en una grieta del muro y cruzó los brazos sobre la tabla de la ventana. No se cansaba de observar a aquel lobo. Pero no asomó la cabeza por el agujero de la ventana porque los animales estaban muy cerca, cambiando constantemente de postura y lamiéndose. Papá se hallaba a su lado y la sujetaba con firmeza por la cintura.

—Es terriblemente grande —dijo Laura.

—Sí, y fíjate cómo brilla su pelaje —murmuró papá junto a su oído.

La luz de la luna recortaba centelleante la silueta del enorme lobo gris.

—Están en círculo en torno a la casa.

Laura lo siguió hasta la otra ventana. Él apoyó el fusil contra el muro y la alzó de nuevo. Allí se hallaba desde luego la otra mitad del círculo de lobos. Sus ojos verdes resplandecían a la sombra de la casa. Laura podía oír su respiración. Cuando vieron que papá y Laura los observaban, los del centro del círculo retrocedieron un poco.

Pet y *Patty* relinchaban y se agitaban dentro de la cuadra. Sus cascos golpeaban el suelo y se estrellaban contra las paredes.

Al cabo de un instante papá retornó a la otra ventana y Laura lo siguió. Llegaron justo a tiempo de ver al lobo grande alzar su morro hacia el cielo. Abrió la boca y lanzó hacia la luna un largo aullido.

Entonces todos los lobos que rodeaban la casa apuntaron sus hocicos al cielo y le respondieron. Sus aullidos vibraban por toda la casa y se extinguieron en el vasto silencio de la pradera.

—Ahora vuelve a la cama, pequeña —dijo papá—. Duérmete. *Jack* y yo cuidaremos de vosotras.

Así que Laura volvió a la cama. Pero durante largo tiempo permaneció despierta. Se quedó quieta, escuchando la respiración de los lobos al otro lado de la pared de troncos. Los sintió rascar la tierra con sus zarpas y un hocico olisqueó en una grieta. Oyó aullar de nuevo al enorme lobo gris y responderle los demás.

Pero papá pasaba silenciosamente de un agujero de las ventanas a otro y *Jack* no dejaba de ir y venir ante la colcha que colgaba en la entrada. Los lobos podían aullar, pero no entrarían mientras estuviesen allí papá y *Jack*. Así que Laura se quedó al fin dormida.

8

DOS SÓLIDAS PUERTAS

Laura sintió un calorcillo en la cara y abrió sus ojos al sol de la mañana. Mary hablaba con mamá junto a la hoguera. Laura corrió hacia afuera, aún vestida sólo con el camisón. No había lobos por parte alguna; pero se veían muy bien sus huellas en torno a la casa y la cuadra.

Papá llegó silbando por el camino de la hondonada. Colocó el fusil sobre las estanquillas y, como de costumbre, llevó a *Pet* y a *Patty* a que bebiesen en el riachuelo. Había seguido las huellas de los lobos hasta tan lejos que ahora sabía que estaban a gran distancia, en pos de una manada de ciervos.

Los caballos rehuían las huellas de los lobos y enderezaban nerviosos sus orejas. *Pet* mantuvo a su potrillo a su lado. Pero fueron de buena gana con papá, que sabía que no había nada que temer.

El desayuno estaba dispuesto. Cuando papá regresó del riachuelo todos se sentaron junto al fuego y comieron gachas y picadillo de liebre blanca. Papá aseguró que ese mismo día haría una puerta. Quería que la próxima vez hubiese algo más que una colcha entre ellos y los lobos.

—Ya no me quedan clavos, pero no voy a aguardar a hacer un viaje a Independence —dijo—. Un hombre no necesita clavos para construir una casa o para hacer una puerta.

Después del desayuno enganchó a *Pet* y a *Patty* y, tomando el hacha, fue a buscar madera para la puerta. Laura ayudó a fregar los platos y a hacer las camas. Ese día Mary se encargó de cuidar de la niña pequeña. Luego Laura ayudó a papá a hacer la puerta. Mary observaba y Laura le entregaba las herramientas.

Con la sierra cortó troncos de la longitud precisa para una puerta. Luego partió pedazos más pequeños para hacer los travesaños. Después, con el hacha, hizo tablas de troncos y las alisó. Juntó sobre el suelo las tablas largas y colocó encima las cortas. Luego, con un taladro, abrió agujeros en los travesaños hasta llegar a los tablones. En cada agujero metió una estaquilla que ajustara.

Así construyó la puerta. Era una buena puerta de roble, sólida y fuerte.

Para los goznes cortó tres largas correas. Un gozne estaría cerca de lo alto de la puerta, otro cerca de la base y otro en el medio.

Los sujetó a la puerta de este modo: puso una tablilla de madera sobre la puerta y la taladró hasta llegar a ella. Luego dobló un cabo de la correa en torno de la tablilla y con su cuchillo hizo agujeros en la correa. Puso otra vez la tablilla sobre la puerta con la correa doblada

70

en torno y todos los agujeros uno sobre otro, formando uno solo. Entonces Laura le dio una estaquilla y el martillo y él metió la estaquilla en el agujero. La estaquilla atravesó primero la correa, después la tablilla y luego más correa hasta encajar en la puerta. Así quedó sujeta la correa, de modo tal que no podía soltarse.

—¡Ya te dije que un hombre no necesitaba clavos! —afirmó papá.

Cuando sujetó los tres goznes a la puerta, colocó ésta en el marco. Encajaba. Luego puso unos tacos de madera a cada lado del marco para impedir que la puerta se abriera hacia fuera. Volvió a colocar la puerta en el marco y Laura la sostuvo, apoyándose, mientras papá sujetaba los goznes en el quicio.

Pero antes tuvo que hacer un cerrojo para la puerta, porque naturalmente tenía que existir algún medio de mantenerla cerrada.

Y así hizo el pasador: primero talló una tabla corta y gruesa de roble. Por un lado y en el centro hizo una muesca ancha y honda. Sujetó esta tabla a la parte interior de la puerta, en sentido vertical y cerca del borde. Colocó la cara de la muesca contra la puerta, de modo tal que quedase una pequeña ranura.

Entonces talló otra pieza de madera más larga y estrecha de manera que pudiera entrar en la ranura. Pasó un extremo por ésta y sujetó el otro a la puerta.

Pero no con fuerza. La estaquilla estaba firmemente pegada a la puerta, pero el agujero en la pieza era más grande que la estaquilla. Lo único que mantenía a la pieza contra la puerta era la ranura.

Esta pieza era el pasador. Giraba fácilmente en la

estaquilla y su extremo suelto se desplazaba arriba y abajo en la ranura. Y ese extremo suelto era bastante largo para pasar por la ranura y por la grieta entre la puerta y la pared y apoyarse contra ésta cuando la puerta estaba cerrada.

Tras colocar papá y Laura la puerta en el marco, papá puso en el lugar de la pared donde llegaba el pestillo una sólida pieza de roble que lo sostenía contra la pared. Tal pieza estaba recortada por arriba para que el pasador pudiera caer entre ésta y la pared.

Entonces Laura cerró la puerta y, mientras empujaba, alzó el extremo del pasador tan alto como podía levantarlo dentro de la ranura. Luego lo dejó caer en su sitio tras la sólida pieza de roble.

Nadie podría entrar sin romper en dos el fuerte pasador.

Pero tenía que haber un medio de alzar el pasador desde afuera. Así que papá hizo un tirador. Lo cortó de una larga tira de buen cuero. Ató un extremo al pasador entre la estaquilla y la ranura. Sobre el pasador abrió en la puerta un agujerito y pasó por allí el cabo del tirador.

Laura esperó afuera y cuando asomó el extremo del cordón, lo cogió y tiró con bastante fuerza para alzar el pasador y entrar.

La puerta estaba terminada. Era fuerte y sólida, hecha con grueso roble y de firmes travesaños, todos sujetos con buenas estaquillas. Afuera quedaba el tirador. Si querías entrar, tirabas del cordón. Pero si estabas dentro y deseabas que nadie abriera la puerta, tirabas del cordón hasta que pasara por el agujero y nadie podría abrir. La puerta no tenía pomo ni cerradura ni llave. Pero era una buena puerta.

—¡Éste ha sido un buen día de trabajo! —dijo papá—. ¡Y he tenido una buena ayudante!

Acarició con una mano la cabeza de Laura. Luego recogió y guardó sus herramientas silbando y fue a soltar de sus sogas a *Pet* y a *Patty* para llevarlas a beber. El sol estaba poniéndose, la brisa había refrescado y en el fuego la cena exhalaba los mejores aromas culinarios que Laura hubiese olido nunca.

Había cerdo en salazón para cenar. Era lo último que quedaba, así que al día siguiente papá fue a cazar. Pero al otro día, él y Laura hicieron la puerta de la cuadra.

Era exactamente como la puerta de la casa, salvo que no tenía pasador. *Pet* y *Patty* no entendían de cordones de aldaba y no iban a tirar de uno por la noche. Así que en vez de pasador, papá hizo un agujero en la puerta y pasó por allí una cadena.

Por la noche deslizaría un extremo de la cadena por una grieta entre los troncos del establo y uniría los dos cabos con un candado. Así nadie podría entrar en la cuadra.

—¡Ahora estamos todos a gusto! —dijo papá.

Cuando los vecinos comenzasen a llegar a la comarca sería mejor encerrar de noche a los caballos bajo llave porque en donde hay ciervos habrá lobos y en donde hay caballos habrá cuatreros.

Aquella noche, a la hora de la cena, papá dijo a mamá:

—Ahora, Caroline, tan pronto como hayamos levantado la casa de Edwards, voy a construirte una chimenea para que puedas cocinar dentro, sin temor al viento o a las tormentas. Me parece que nunca he visto un sitio con tanto sol, pero supongo que lloverá de vez en cuando.

—Sí, Charles —repuso mamá—. El buen tiempo no durará siempre en esta tierra.

9

UN FUEGO EN EL HOGAR

En el exterior de la casa, papá arrancó la hierba alrededor de la pared de troncos opuesta a la puerta y rascó el suelo hasta dejarlo liso. Estaba preparándolo para construir la chimenea.

Entonces mamá y él montaron de nuevo la caja de la carreta sobre las ruedas y papá enganchó a *Pet* y a *Patty*.

El sol naciente acortaba todas las sombras. Centenares de alondras se alzaban de la pradera, cantando cada vez a mayor altura. Sus trinos caían del enorme y despejado cielo como una lluvia de música. Por toda la tierra, en donde las hierbas se agitaban y murmuraban bajo el viento, miles de pajaritos se aferraban con sus diminutas garras a las matas en flor y entonaban millares de melodías.

Pet y *Patty* husmeaban el viento y relinchaban de alegría. Arqueaban sus cuellos y golpeaban el suelo con sus cascos porque se sentían ansiosas por partir. Papá silbaba una canción mientras subía al pescante y tomaba las riendas. Luego miró a Laura, que lo observaba, dejó de silbar y dijo:

—¿Quieres venir, Laura? ¿Y tú, Mary?

Mamá dijo que podían ir. Treparon por las ruedas, apoyándose en los radios con sus pies descalzos, y se sentaron en el alto pescante junto a papá. *Pet* y *Patty* se pusieron en marcha de un pequeño salto y la carreta fue traqueteando por el sendero que habían hecho las propias ruedas. Descendieron entre los riscos de tierra desnuda, rojiza y amarillenta, todos erosionados y arrugados por remotas lluvias. Avanzaron después por las tierras onduladas de las orillas del riachuelo. Masas de árboles cubrían algunos de los montículos bajos y redondeados entre los que se extendían espacios en donde crecía la hierba. A la sombra de los árboles había ciervos tendidos, y otros pastaban al sol en los verdes prados. Alzaban sus cabezas y enderezaban sus orejas, dejaban de mascar y observaban la carreta con sus ojos grandes y dulces.

A lo largo del camino florecían, rosadas, azules y blancas, las espuelas de caballero; se columpiaban las aves en los dorados tallos de solidagos y revoloteaban las mariposas. Margaritas estrelladas alegraban las sombras bajo los árboles; las ardillas parloteaban en lo alto de las ramas, conejos coliblancos saltaban a lo largo del camino y las culebras se deslizaban veloces en cuanto sentían llegar la carreta.

En lo más hondo del valle, el riachuelo corría a la sombra de riscos de tierra. Cuando Laura alzó la mirada hacia aquellas laderas, no vio rastro de la hierba de la pradera. Entre los riscos, en donde la tierra se había desplomado, se alzaban árboles. Donde la pendiente era tan pronunciada que no podían crecer allí los árboles, unos matorrales se aferraban desesperadamente al suelo con sus raíces. Raíces medio al aire, que se alzaban por encima de la cabeza de Laura.

—¿Dónde están los campamentos indios? —preguntó Laura a papá.

Él había visto los campamentos abandonados de los indios, allí, entre los riscos. Pero estaba ahora demasiado ocupado para poder llevarlas a que los vieran. Tenía que recoger piedras para construir la chimenea.

—Niñas, podéis jugar —les dijo—. Pero no os perdáis de vista ni os metáis en el agua. Y no juguéis con las serpientes. Algunas de las de aquí son venenosas.

Así que Laura y Mary jugaron en las proximidades del riachuelo mientras papá desenterraba las piedras que necesitaba y las cargaba en la carreta.

Vieron zapateros de largas patas deslizarse sobre la superficie inmóvil del agua de las charcas. Corrieron a lo largo de la orilla para espantar a las ranas y rieron cuando las ranas de chaqueta verde y chaleco blanco se lanzaban al agua. Escucharon las llamadas de las palomas zuritas entre los árboles y el canto del tordo. Vieron a los diminutos foxinos nadar juntos en los lugares en donde centelleaban las aguas poco hondas del riachuelo. Los foxinos eran delgadas sombras grises entre las ondas del agua. Sólo de vez en cuando un foxino reflejaba el sol en su vientre plateado.

No soplaba el viento junto al riachuelo. El aire, cálido, parecía amodorrado. Olía a raíces húmedas y a cieno y por todas partes se oía el roce de las hojas y el correr del agua.

En los lugares encenagados, en donde las huellas de los ciervos eran hondas y retenían agua, se alzaban nubes de mosquitos entre un intenso y agudo zumbido. Laura y Mary manoteaban contra sus caras, sus cuellos, sus piernas y sus propias manos y hubieran querido meterse en el agua. Sentían tanto calor y el riachuelo parecía tan fresco. Laura estaba segura de que nada le pasaría por meter en él tan sólo un pie, así que cuando papá se volvió de espaldas, casi lo metió.

—Laura —dijo papá; y ella retiró al punto el pie desobediente—. Si queréis refrescaros, podéis ir hacia allá en donde no está hondo. Que no os pase el agua de los tobillos.

Mary sólo se metió un poco. Dijo que los guijarros le hacían daño en los pies, se sentó en un tronco y pacientemente empezó a quitarse de encima a los mosquitos. Pero Laura, sin dejar de espantarlos, continuó en el agua. Cuando caminaba, los guijarros se le clavaban en los pies. Cuando se quedaba quieta, los pequeños foxinos bullían en torno a sus dedos y la mordisqueaban con sus dientecitos. Era una extraña sensación de cosquilleo. Laura intentó una vez y otra atrapar a un foxino, pero sólo consiguió mojarse el borde de su vestido.

Cuando hubo cargado la carreta, papá las llamó:

—¡Venid, niñas!

Subieron de nuevo al pescante y se apartaron del riachuelo, cruzando después entre árboles y montículos para retornar a la pradera alta en donde siempre soplaba el viento y las hierbas parecían cantar, cuchichear y reír.

Lo habían pasado muy bien en la hondonada del

riachuelo. Pero a Laura le gustaba más la pradera alta. La pradera era grande, bella y limpia.

Aquella tarde mamá se sentó a coser a la sombra de la casa mientras Carrie jugaba a su lado sobre la colcha, y Laura y Mary observaban cómo papá construía la chimenea.

Primero mezcló arcilla y agua hasta hacer un espeso barro en el cubo donde bebían los caballos. Dejó que Laura removiese el barro mientras él alzaba una fila de piedras en torno a tres de los lados del espacio que había despejado junto al muro de la casa. Luego, con una paleta de madera, extendió el barro sobre las piedras. Encima del barro montó otra fila de piedras y revistió de barro toda su superficie interior.

Así hizo una caja en el suelo: tres lados de la caja estaban formados por pedruscos y barro y el otro era el muro de troncos de la casa.

Con más piedras y más barro alzó las paredes hasta que llegaron a la barbilla de Laura. Después, sobre las paredes y pegado a la casa, puso un tronco y lo tapó por completo de barro.

Luego colocó piedras y barro sobre ese tronco. Estaba haciendo el tubo de la chimenea, cada vez más estrecho.

Tuvo que ir al riachuelo en busca de más piedras. Esta vez Laura y Mary no pudieron acompañarlo porque mamá dijo que el aire húmedo quizá les diera fiebre. Mary se sentó junto a mamá y cosió uno de los nueve retales de su centón, pero Laura preparó otro cubo de barro.

Al día siguiente papá alzó la chimenea tan alta como

el muro de la casa. Entonces se detuvo y la observó, pasándose los dedos por el pelo.

—Pareces un salvaje, Charles —dijo mamá—. Tienes todos los pelos de punta.

—Haga lo que haga, así seguirán —replicó papá—. Cuando te cortejaba, jamás conseguí domarlos, por mucha grasa de oso que les echaba.

Se tumbó en la hierba.

—Estoy hecho polvo de tanto levantar pedruscos hasta allá arriba.

—Has realizado tú solo un trabajo magnífico —dijo mamá.

Trató entonces de alisar los cabellos de su marido, que se quedaron más enhiestos que nunca.

—¿Por qué no haces el resto con palos y argamasa? —le preguntó.

—Será más fácil —reconoció—. ¡Pues claro, así lo haré!

Se puso en pie de un salto.

—Quédate aquí a la sombra y descansa un rato —le pidió mamá.

Pero él meneó la cabeza.

—No se puede haraganear cuando hay una tarea que llevar a cabo, Caroline. Cuanto antes termine la chimenea, más pronto podrás dejar de cocinar al raso.

Trajo renuevos del bosque, los cortó, los escopleó después y los dispuso en lo alto de la chimenea de piedra como había hecho con los troncos de los muros. Al ponerlos, cuidó de cubrirlos bien con barro. Y así acabó la chimenea.

Entonces penetró en la casa y con el hacha y la sierra

abrió un agujero en el muro. Recortó los troncos que formaban en la base de la chimenea la cuarta pared. Y de este modo quedó listo el hogar.

Resultaba bastante grande como para que cupieran allí Laura, Mary y la pequeña Carrie. El fondo era el espacio del terreno que papá había despejado de hierba y la parte frontal correspondía a donde papá había recortado los troncos. Sobre este espacio estaba el tronco que había recubierto de barro.

A cada lado clavó una gruesa tabla de roble verde contra los extremos de los troncos. Luego, en los ángulos superiores del hogar fijó a la pared unos pedazos de roble y sobre éstos puso una tabla también de roble y la sujetó firmemente. Ésta sería la repisa de la chimenea.

Tan pronto como terminó, mamá colocó en el centro de la repisa la figurita de porcelana que había traído de Wisconsin. Aquella muñequita había hecho todo el camino sin romperse. Se alzaba sobre la repisa con sus zapatitos, su ancha falda y su corpiño, sus mejillas rosadas, sus ojos azules y su pelo rubio, todo en porcelana.

Luego papá, mamá, Mary y Laura se acercaron a admirar la chimenea. Sólo la pequeña Carrie no prestó atención al hogar. Señaló a la figurita de porcelana y chilló cuando Mary y Laura le dijeron que sólo mamá podía tocarla.

—Habrás de tener cuidado, Caroline —dijo papá—, para que no salten las chispas, suban por la chimenea y prendan arriba. Esa lona ardería fácilmente. Cortaré unas tablas tan pronto como pueda y haré un tejado para que no tengas que preocuparte.

Así que mamá prendió con cuidado un pequeño

fuego en el nuevo hogar y para la cena asó una perdiz blanca. Aquel día comieron en casa.

Se sentaron a la mesa ante la ventana de poniente. Papá había hecho rápidamente la mesa con dos tablones de roble. Un extremo de los tablones estaba encajado en una grieta del muro y el otro extremo descansaba en unos troncos cortos puestos en posición vertical. Papá había alisado los tablones con el hacha, y la mesa tuvo muy buen aspecto cuando mamá extendió el mantel encima.

Las sillas eran pedazos de grandes troncos. El suelo era de tierra que mamá había barrido con su escoba de verdasca. Sobre el suelo y en las esquinas estaban hechas las camas, bien tapadas con sus colchas de centón. Los rayos del sol poniente penetraban por la ventana y llenaban la casa de una luz dorada.

Afuera, y viniendo de lejos, de mucho más allá del borde rosado del cielo, soplaba el viento y se agitaban las hierbas silvestres.

Estaban cómodos dentro de la casa. A Laura le gustó mucho la jugosa perdiz blanca. Se había lavado las manos y la cara, estaba peinada y tenía la servilleta anudada en torno al cuello. Se sentó muy derecha en un pedazo de tronco y empleó con cuidado el tenedor y el cuchillo, como le había enseñado mamá. No dijo nada porque los niños no deben hablar en la mesa con la boca llena, pero observó a papá, a mamá, a Mary y a la pequeña Carrie, que descansaba en el regazo de mamá, y se sintió satisfecha. Era maravilloso eso de volver a vivir en una casa.

10

UN TEJADO Y UN SUELO

Laura y Mary estaban siempre muy ocupadas durante todo el día. Tras fregar los platos y hacer las camas, siempre había muchas cosas que hacer, ver y escuchar.

Buscaban nidos entre las altas hierbas y, cuando los hallaban, las madres les chillaban y las increpaban. A veces tocaban suavemente un nido y al instante aquel hueco que sólo parecía lleno de plumones, se convertía en un amasijo de picos desmesuradamente abiertos que chillaban hambrientos. Entonces la madre les increpaba más que nunca y Mary y Laura se alejaban silenciosamente porque no querían inquietarla demasiado.

Se quedaban entre las altas hierbas, quietas como ratones, y contemplaban a las bandadas de pequeñas perdices blancas, que corrían y picoteaban en torno a sus madres moteadas de pardo, que cloqueaban ansiosas. Observaban las culebras listadas cuando se deslizaban entre los tallos o tan quietas que sólo la vibración de sus lengüecitas y el brillo de sus ojos revelaban que estaban vivas. Eran inofensivas culebras de agua, pero Laura y Mary no las tocaban. Mamá decía que era mejor no hostigar a las serpientes porque algunas muerden y más valía prevenir que curar.

Y a veces encontraban, muy quieto en el claroscuro de un herbazal, a un enorme conejo gris, tan cerca que creían poder tocarlo antes de que las viera. Entonces, si se quedaban inmóviles, podían pasar un largo rato contemplándolo. Las miraba con sus ojos redondos e inexpresivos. Meneaba rápidamente la nariz y los rayos del sol tornaban rosadas sus largas orejas, atravesadas por finísimas venas y con una delicada piel por fuera. El resto de su pelaje era tan espeso y suave que al final no podían resistir la tentación de intentar acariciarlo.

Entonces desaparecía en un abrir y cerrar de ojos y en el lugar en donde había estado quedaba su huella y la tibieza de sus cuartos traseros.

Como es natural, Laura y Mary no dejaban en ningún momento de cuidar de Carrie, excepto cuando dormía la siesta por la tarde. Entonces se sentaban a disfrutar del sol y del viento hasta que Laura se olvidaba de que la pequeña dormía. Brincaba, corría y gritaba, pero mamá asomaba por la puerta y le decía:

—Pero, Laura, ¿es que tienes que gritar como si fueses un indio?

Y luego añadía:

—Niñas, vais a acabar por pareceros a los indios. ¿Cuántas veces os he dicho que no os quitéis la cofia?

Papá estaba en lo alto de los muros de la casa, empezando a poner el tejado. Las miró y se echó a reír.

—Un pequeño indio, dos pequeños indios, tres pequeños indios —cantó quedamente—. No, sólo dos.

—Tú eres el tercero —dijo Mary—. También estás muy tostado.

—Pero no eres pequeño, papá —añadió Laura—. ¿Cuándo vamos a ver a un *papoose*?

—¡Dios mío! —exclamó mamá—. ¿Para qué queréis ver a un bebé indio? Poneos las cofias ahora mismo y olvidaos de esas tonterías.

La cofia de Laura le colgaba hacia atrás. Estiró de las cintas, y los costados rozaron sus mejillas. Cuando llevaba puesta la cofia, sólo podía ver lo que tenía por delante y por eso siempre se la echaba hacia atrás y dejaba que le colgara del cuello por las cintas. Se ponía bien la cofia cuando mamá se lo decía, pero no se olvidaba del *papoose*.

Ése era un territorio indio y no sabía por qué no veía indios. Sabía, sin embargo, que alguna vez los vería. Eso les había dicho papá, pero estaba cansándose de tanto esperar.

Papá había retirado de la casa la lona de la carreta y ahora estaba dispuesto a colocar el tejado. Durante días y días había estado llevando troncos de la hondonada del riachuelo y cortándolos para hacer tablas largas y finas. Alrededor de la casa había pilas de tablas que también se amontonaban contra los muros.

—Sal de la casa, Caroline —dijo—. No quiero que a Carrie o a ti os caiga una tabla encima.

—Espera, Charles, a que guarde la pastora de porcelana —replicó mamá.

Salió un minuto después con una colcha, la costura y

la pequeña Carrie. Extendió la colcha sobre la hierba, a la sombra de la cuadra, y se sentó allí a remendar y a vigilar a Carrie mientras ésta jugaba.

Papá se inclinó y alzó una tabla. La tendió sobre los travesaños. Sus extremos sobresalían por uno y otro lado de la casa. Entonces papá se metió unos cuantos clavos en la boca, sacó el martillo del cinturón y empezó a clavar la tabla a los travesaños.

El señor Edwards le había prestado los clavos. Se habían encontrado en el bosque, en donde los dos estaban cortando árboles, y el señor Edwards insistió en prestar a papá clavos para el tejado.

—¡Eso es lo que yo llamo un buen vecino! —dijo papá cuando se lo explicó a mamá.

—Sí —repuso mamá—. Pero no me gusta deber nada a nadie, ni siquiera al mejor de los vecinos.

—Ni a mí —replicó papá—. Jamás he tenido que deber nada a nadie ni nunca lo haré. Pero mantener relaciones de buena vecindad es cosa muy distinta y le devolveré cada uno de los clavos tan pronto como pueda hacer un viaje a Independence.

Entonces papá sacó cuidadosamente, uno tras otro, los clavos de su boca y con sonoros martillazos los encajó en la tabla. Aquello resultaba más rápido que hacer agujeros y tallar estaquillas para meterlas después en los agujeros. Pero, de vez en cuando, un clavo saltaba de la dura madera de roble cuando lo alcanzaba el martillo y, si papá no lo sujetaba con fuerza, se iba por el aire.

Entonces Mary y Laura lo veían caer y buscaban en la hierba hasta que lo encontraban. A veces se había doblado. En ese caso papá lo enderezaba minuciosamente a martillazos. Nunca consentiría en perder o desperdiciar un solo clavo.

Cuando papá hubo sujetado las dos tablas, se colocó encima. Tendió y clavó más tablas, una tras otra hasta llegar a lo alto de los travesaños. El borde de cada tabla sobresalía de la tabla inferior.

Luego empezó por el otro lado de la casa hasta llegar arriba. Quedaba una pequeña ranura entre las tablas más altas. Así que papá hizo un cangilón con dos tablas y lo clavó con fuerza boca abajo para tapar el hueco.

El tejado estaba concluido. Ahora la casa era más sombría que antes porque no penetraba la luz a través de las tablas. No había una sola grieta que dejase pasar la lluvia.

—Has hecho una espléndida tarea, Charles —declaró mamá—, y te agradezco poder contar con un buen tejado sobre mi cabeza.

—Ya tendrás también muebles, tan buenos como sea capaz de fabricarlos —repuso papá—. Haré un armazón para la cama tan pronto como haya puesto el suelo.

Empezó de nuevo a acarrear troncos, día tras día. Ni siquiera interrumpía esta tarea para ir a cazar. Se llevaba el fusil en el carro y volvía por la noche con las piezas que hubiera podido cobrar desde el pescante.

Cuando tuvo ya troncos suficientes para hacer el suelo, comenzó a partirlos. Los abría por la mitad en sentido longitudinal. A Laura le gustaba sentarse en el montón de troncos y observarlo.

Primero, con un fuerte hachazo, hendía el extremo de un tronco. En la grieta así abierta introducía el fino borde de una cuña de hierro. Entonces retiraba el hacha del tronco y hundía más la cuña en la madera. La grieta se ensanchaba un poco.

Papá proseguía después su lucha contra el sólido roble. Golpeaba con el hacha en la grieta. Metía después tacos de madera y hacía penetrar más la cuña. Poco a poco la grieta iba extendiéndose a lo largo del tronco.

Levantaba el hacha a lo alto y luego la dejaba caer con fuerza al tiempo que brotaba un gruñido de su pecho:

—¡Uf!

El hacha zumbaba y caía con fuerza, siempre en el lugar exacto en donde quería papá.

Al fin, con un crujido de desgarramiento, todo el tronco se escindía. Sus dos mitades yacían en el suelo, mostrando el pálido interior del árbol y las venas más oscuras del centro. Entonces papá se secaba el sudor de la frente, volvía a empuñar el hacha y empezaba con otro tronco.

Un día, quedó partido el último tronco y a la mañana siguiente papá empezó a construir el suelo. Arrastró los troncos hasta la casa y los colocó uno contra otro, con su cara plana hacia arriba. Con el azadón abrió una hendidura en el suelo y encajó allí firmemente la parte redondeada del tronco. Con el hacha quitó el borde de corteza y recortó la madera para que cada tronco encajase junto al siguiente sin que hubiese una grieta entre ambos.

Luego tomó en su mano la hoja del hacha y, con golpes leves y cuidadosos, alisó la madera. Rebajaba cada tronco para que su superficie fuese horizontal y uniforme. Tras los últimos recortes aquí y allá, pasó las manos para comprobar que la madera estaba lisa y asintió.

—¡Ni una astilla! —dijo—. Por aquí podrán correr piececitos descalzos.

Dejó en su sitio ese tronco encajado y trajo otro.

Cuando llegó al hogar, empleó troncos más cortos. Dejó junto a él un espacio de tierra descubierta para que cuando saltaran del fuego chispas o brasas no prendieran el suelo.

Un día el suelo quedó terminado. Era liso, firme y duro. Un buen suelo que, según dijo papá, duraría toda la vida.

—No hay nada como un buen suelo de troncos —declaró.

Mamá comentó que le agradaba poder librarse del polvo. Colocó la figurita de porcelana en la repisa y extendió sobre la mesa un tapete de cuadros rojos.

—Ya está —afirmó—. Ahora podemos volver a vivir como personas civilizadas.

Después de aquello, papá tapó las grietas de las paredes. Metió dentro tablitas de madera y las cubrió de barro, rellenando cada hueco.

—Éste es un buen trabajo —dijo mamá—. Así estaremos a salvo del viento por fuerte que sople.

Papá dejó de silbar para sonreírle. Colocó la última paletada de barro entre los troncos, lo alisó y dejó en el suelo el cubo. Al fin la casa estaba terminada.

—Me gustaría tener vidrios para las ventanas —afirmó papá.

—No necesitamos cristales, Charles —dijo mamá.

—Es igual. Si me va bien este invierno con la caza y

con las trampas que ponga, para la primavera compraré vidrios en Independence —declaró papá—. ¡Y al diablo el gasto!

—Unas ventanas con cristales estarían muy bien si pudiésemos permitírnoslas —repuso mamá—. Pero aguardaremos hasta entonces.

Todos se sentían felices aquella noche. El fuego en el hogar era agradable porque en la pradera alta hasta las noches de verano son frescas. El tapete de cuadros rojos estaba sobre la mesa, la figurita de porcelana resplandecía en la repisa y la luz de las llamas arrancaba destellos dorados al nuevo suelo. Afuera, la noche era inmensa y rebosaba de estrellas. Papá permaneció sentado durante largo tiempo en el quicio, tocó su violín y cantó para mamá, Mary y Laura adentro y para la noche estrellada afuera.

11

INDIOS EN LA CASA

Una mañana papá tomó su fusil temprano y se fue a cazar.

Ese día tenía previsto hacer el armazón de la cama. Había llevado las tablas, pero mamá le dijo que se habían quedado sin carne. Así que dejó las tablas contra la pared y cogió el fusil.

Jack también quería ir de caza. Sus ojos suplicaron a papá que lo llevase, de su pecho se escaparon gemidos y agitó el rabo hasta que Laura casi sollozó con él. Pero papá lo encadenó a la cuadra.

—No, *Jack* —dijo papá—. Tienes que quedarte aquí para guardar la casa.

Luego advirtió a Mary y a Laura:

—No lo soltéis, niñas.

El pobre *Jack* se echó al suelo. Era una ignominia que lo ataran y la sentía profundamente. Apartó su cabeza para no mirar a papá y verlo partir con el fusil colgado del hombro. Papá se alejó más y más hasta que la pradera se lo tragó y se perdió de vista.

Laura trató de animar a *Jack*, pero él no quería que lo consolasen. Cuanto más pensaba en la cadena, peor se sentía. Laura intentó alegrarlo para que jugase, pero sólo logró que se tornase aún más hosco.

Tanto Mary como Laura consideraron que no podían dejar solo a *Jack* cuando se sentía tan desgraciado. Así que pasaron toda la mañana junto a la cuadra. Acariciaron la suave y moteada cabeza de *Jack*, lo rascaron alrededor de las orejas y le dijeron cuánto sentían que tuviese que estar encadenado. Lamió sus manos un rato, pero estaba muy triste y enfadado.

Apoyaba su cabeza en la rodilla de Laura, que le hablaba, cuando de repente se puso en pie y empezó a gruñir ronca y fieramente. Los pelos de su cuello se encresparon y sus ojos centellearon enrojecidos.

Laura estaba asustada. *Jack* nunca la había gruñido antes. Entonces miró por encima de su hombro, hacia donde se volvía *Jack*, y vio llegar a dos hombres desnudos y de apariencia salvaje. Sus cabezas parecían acabar en una cúspide. Y la cúspide era un mechón de pelo que se alzaba enhiesto y acababa en plumas. Sus ojos eran negros, centelleaban y permanecían inmóviles como los ojos de una culebra.

Se acercaron cada vez más hasta que desaparecieron de su vista, al otro lado de la casa.

Laura volvió la cabeza y Mary la imitó. Miraban al lugar por donde aparecerían aquellos hombres cuando hubieran recorrido la longitud de la casa.

—¡Indios! —murmuró Mary.

Laura temblaba: experimentaba una extraña sensación en el estómago y advertía una debilidad en los huesos de sus piernas. Hubiera querido sentarse. Pero permaneció de pie, mirando. Aguardaba a que los indios asomasen por el otro lado de la casa. Pero los indios no aparecieron.

Jack no había dejado de gruñir durante todo ese tiempo. Luego calló y empezó a tirar de la cadena. Sus ojos estaban rojos, mostraba los dientes y se le erizó todo el pelo del lomo. Saltaba una y otra vez, tratando de desembarazarse de la cadena. Laura se alegró de que la cadena lo retuviera junto a ella.

—Jack está aquí —murmuró a Mary—. No les dejará que nos hagan nada. Nos hallaremos seguras si nos quedamos muy cerca de Jack.

—Están en la casa —murmuró Mary—. Están en la casa con mamá y con Carrie.

Entonces Laura empezó a temblar de pies a cabeza. Sabía que tenía que hacer algo. Ignoraba lo que aquellos indios estaban haciéndoles a mamá y a Carrie. No salía sonido alguno de la casa.

—¿Qué le estarán haciendo a mamá? —exclamó en un chillido sofocado.

—¡Oh, no lo sé! —murmuró Mary.

—Voy a soltar a Jack —declaró roncamente Laura—. Jack los matará.

—Papá dijo que no lo soltáramos —replicó Mary.

Estaban demasiado asustadas para hablar en voz alta. Juntaron sus cabezas y observaron la casa mientras murmuraban.

—Él no sabía que vendrían los indios —dijo Laura.

—Nos advirtió que no soltásemos a Jack —repitió Mary, casi llorando.

Laura pensó en la pequeña Carrie y en mamá, encerradas en la casa con los indios. Y afirmó:

—¡Voy a ayudar a mamá!

Dio dos pasos, luego un tercero. Después giró en redondo y corrió al lado de *Jack*.

—No podemos dejar a mamá allí sola—murmuró Mary.

Quieta y temblorosa, Mary era incapaz de moverse cuando estaba asustada.

Laura pegó su cara contra *Jack* y lo apretó con fuerza.

Entonces dejó caer los brazos. Cerró los puños, se achicaron sus ojos y corrió hacia la casa tan rápidamente como pudo.

Tropezó y cayó con los ojos desorbitados. Antes de darse cuenta ya estaba en pie y corría de nuevo. Mary iba pegada a su lado. Llegaron ante la puerta. Estaba abierta y se deslizaron silenciosamente en la casa.

Aquellos hombres desnudos y salvajes se hallaban junto a la chimenea. Mamá, inclinada sobre el fuego, cocinaba algo. Carrie se aferraba con las dos manos a las faldas de mamá y ocultaba su cabeza entre los pliegues.

Laura corrió hacia mamá, pero cuando llegó al hogar percibió un horrible hedor y alzó los ojos para mirar a los indios. Rápida como el rayo, se ocultó tras la tabla estrecha y larga que estaba apoyada contra el muro.

La tabla era lo bastante holgada para ocultar sus ojos. Si mantenía la cabeza del todo quieta y apretaba la nariz contra la madera, no podía ver a los indios. Y así se sentía más segura. Pero no conseguía mantener inmóvil la cabeza y de ese modo le asomaba un ojo y podía ver a los salvajes.

Primero vio sus mocasines de cuero. Luego sus piernas fuertes, desnudas y cobrizas. Los dos indios llevaban a la cintura una tira de cuero de la que colgaba por delante la piel peluda de un pequeño animal. Las pieles tenían listas negras y blancas, y entonces Laura supo cuál era la causa del mal olor. Aquellas pieles sin curtir eran de mofeta.

Cada uno de los indios portaba al cinto un cuchillo como el de caza de papá y una hacha.

Las costillas de los indios se les marcaban por los costados. Tenían los brazos cruzados sobre el pecho. Finalmente Laura observó de nuevo y volvió a ocultarse tras la tabla.

Sus rostros eran fieros y terribles. Sus negros ojos centelleaban. Más arriba de la frente y sobre sus orejas, no tenían pelo. Pero en lo alto del cráneo se alzaba un moño, sujeto con un cordel y del que asomaban plumas.

Cuando Laura volvió a atisbar desde la tabla, los dos indios la miraron fijamente. El corazón se le subió a la garganta y la dejó sin respiración con sus latidos. Dos negros ojos se clavaron en los suyos. Aquel indio no movía ni tan siquiera un solo músculo de su cara. Pero sus ojos brillaban sin dejar de observarla. Laura tampoco se movió. Ni siquiera se atrevía a respirar.

El indio profirió dos sonidos secos y ásperos como «¡Hah!». Laura volvió a ocultar sus ojos tras la tabla.

Oyó a mamá levantar la tapa del horno. Oyó a los indios agacharse junto al hogar. Al cabo de un rato los oyó comer.

Laura observó y se escondió. Volvió a observar mientras los indios comían la torta de maíz que había hecho mamá. Se la tragaron entera e incluso recogieron las migas que se habían caído en el hogar. Mamá, de pie, los observaba y acariciaba la cabeza de Carrie. Mary se hallaba tras mamá y la agarraba por una manga.

Tenuemente, Laura percibió el sonido de la cadena de *Jack*, que aún seguía tratando de soltarse.

Cuando se comieron todas las migas, los indios se levantaron. El olor a mofeta era más intenso cuando se movían. Uno de ellos profirió de nuevo unos sonidos ásperos. Mamá lo miró con ojos muy abiertos, pero no dijo nada. Uno de los indios se volvió. El otro se volvió también. Se pusieron en marcha y salieron por la puerta. Sus pies no hacían ruido alguno.

Mamá lanzó un larguísimo suspiro. Abrazó fuertemente a Laura con un brazo y a Mary con el otro. Por la ventana observó cómo se alejaban los indios, paso a paso, por el borroso sendero que se dirigía hacia el oeste. Luego mamá se sentó en la cama y abrazó aún con más fuerza a Laura y a Mary. Temblaba y parecía enferma.

—¿Te sientes mal, mamá? —preguntó Mary.

—No —repuso mamá—. Simplemente satisfecha de que se hayan marchado.

Laura arrugó la nariz y dijo:

—Olían muy mal.

—Eran esas pieles de mofeta que llevaban —replicó mamá.

Entonces le explicaron cómo habían dejado a *Jack* y habían acudido a la casa porque temían que los indios les hubiesen hecho algo malo a Carrie y a ella. Mamá les dijo que eran unas niñas valientes.

—Ahora hay que pensar en comer —declaró—. Papá volverá pronto y es preciso tener la comida lista para él. Mary, trae algo de leña; Laura, pon la mesa.

Mamá se arremangó, se lavó las manos y preparó la masa de harina de maíz mientras Mary traía la leña y Laura ponía la mesa. Dispuso un plato de estaño, un cuchillo, un tenedor y una taza para papá y lo mismo para mamá, y dejó la tacita de Carrie junto al sitio de mamá. Después colocó platos de estaño, cuchillos y tenedores para Mary y para ella y puso la taza que compartían entre los dos platos.

Con la masa mamá preparó dos tortas delgadas, cada una con forma de semicírculo. Metió las tortas en el horno, una frente a la otra, y apretó con la palma de la mano sobre la masa. Papá siempre decía que la tortas no necesitaban más condimento que las huellas de las manos de mamá.

Apenas había terminado Laura de poner la mesa cuando apareció papá.

Dejó ante la puerta un conejo grande y dos perdices blancas, entró y colocó el fusil en sus estaquillas. Laura y Mary corrieron hacia él, lo abrazaron y empezaron a hablarle al mismo tiempo.

—Pero ¿qué ha sido eso?, ¿qué ha sido eso? —dijo estrujándose el pelo—. ¿Indios? Así que por fin habéis visto indios. ¿Los has visto, Laura? Advertí que tienen un campamento en un vallecito que hay al oeste de aquí. ¿Han venido indios a la casa, Caroline?

—Sí, Charles, dos —dijo mamá—. Lo siento, pero se han llevado todo tu tabaco y se han comido una enorme torta de maíz. Han señalado la harina de maíz y me han hecho señas de que les preparase una torta. Temía desobedecerles. ¡Oh, Charles! ¡Qué susto!

—Has obrado bien —declaró papá—. No debemos hacernos enemigos de ningún indio.

Luego añadió:

—¡Uf, qué olor!

—Llevaban pieles de mofeta sin curtir —explicó mamá—. No vestían otra cosa.

—Pasarías un mal rato mientras han estado aquí —dijo papá.

—Así ha sido, Charles. Y ya estamos escasos de harina de maíz.

—Bueno. Queda bastante para aguantar un poco más. Y en esta región abunda la caza. No te preocupes.

—Pero se han llevado todo tu tabaco.

—No importa —replicó papá—. Pasaré sin tabaco hasta que pueda hacer un viaje a Independence. Lo principal es estar en paz con los indios. No quiero despertar una noche con una banda de esos...

Se detuvo. Laura, aún temerosa, hubiera querido saber lo que iba a decir. Pero mamá apretó los labios y meneó un tanto la cabeza sin dejar de mirar a papá.

—¡Vamos, Mary y Laura! —dijo papá—. Desollaremos el conejo y prepararemos las perdices blancas mientras cuecen las tortas. ¡Aprisa! ¡Tengo una hambre de lobo!

Se sentaron en la pila de leña al aire y al sol y observaron cómo manejaba papá su cuchillo de caza. Papá había alcanzado al conejo en un ojo y había volado las cabezas de las dos perdices. No se dieron cuenta de nada, afirmó papá.

Laura sostuvo el borde de la piel de conejo mientras con el cuchillo papá retiraba la carne.

—Salaré esta piel y la sujetaré por fuera al muro de la casa para que se seque —dijo—. Se podrá hacer un buen gorro de piel con el que alguna niña se abrigará este invierno.

Pero Laura no conseguía olvidarse de los indios. Dijo a papá que si hubiera soltado a *Jack*, el perro se habría comido al punto a los dos.

Papá dejó el cuchillo.

—¿Habéis pensado en soltar a *Jack*? —preguntó con voz temblorosa.

Laura inclinó la cabeza y murmuró:

—Sí, papá.

—¿A pesar de que os dije que no lo hicierais? —preguntó papá con voz aún más temblorosa.

Laura no podía hablar, pero Mary dijo con voz entrecortada:

—Sí, papá.

Por un momento papá guardó silencio. Después lanzó un suspiro tan largo como el de mamá cuando se fueron los indios.

—Después de esto —declaró con voz terrible—, recordad, chicas, que tenéis que hacer siempre lo que se os diga. No se os ocurra siquiera desobedecerme. ¿Me oís?

—Sí, papá —murmuraron al tiempo Laura y Mary.

—¿Sabéis lo que habría sucedido si hubieseis soltado a *Jack*? —dijo papá.

—No, papá —murmuraron.

—Hubiera mordido a esos indios —repuso papá—.

Entonces habríamos tenido problemas. Graves problemas. ¿Me comprendéis?

—Sí, papá —dijeron.

Pero no lo entendieron.

—¿Habrían matado a *Jack*? —preguntó Laura.

—Sí. Y eso no habría sido todo. Recordad esto, chicas: tenéis que hacer siempre lo que se os diga, pase lo que pase.

—Sí, papá —dijo Laura.

—Sí, papá —repitió Mary.

Se sentían muy contentas de no haber soltado a *Jack*.

—Haced lo que se os diga y nada os pasará.

12

AGUA POTABLE

Al día siguiente papá hizo el armazón de la cama.

Alisó las tablas de roble hasta que no asomó la menor astilla. Luego las clavó, formando un cuadro que sostendría el colchón de paja. Por su parte inferior, papá tendió una cuerda en zigzag de un lado a otro y la tensó.

Papá clavó firmemente un extremo del armazón muro, en una esquina de la casa. Así sólo quedó un ángulo de la cama que no estuviese contra una pared. En ese ángulo papá clavó una tabla alta. Luego las afianzó a las dos paredes con otras dos tablas que clavó tan arriba como pudo alcanzar. Después se subió a la estructura y clavó sólidamente el extremo de la tabla vertical a uno de los travesaños del techo. Y sobre las dos tablillas tendió una repisa sobre la cama.

—¡Ya la tienes, Caroline! —dijo.

—No puedo esperar más —declaró mamá—. Ayúdame a traer el colchón.

Había llenado el colchón de paja aquella mañana.

En realidad no había paja en la pradera alta, así que lo rellenó con hierbas limpias y bien secas. El colchón estaba caliente porque le había dado el sol y exhalaba un olor dulzón a hierbas. Papá la ayudó a traerlo a la casa y a tenderlo sobre la cama. Mamá puso las sábanas y luego extendió sobre éstas su más bonito centón. En la cabecera de la cama colocó las almohadas de plumas de ganso y encima los almohadones blancos. Cada uno de los almohadones mostraba, en hilo rojo, las siluetas de dos pajaritos.

Papá, mamá, Laura y Mary se detuvieron a contemplar la cama. Era una cama muy bonita. La cuerda en zigzag resultaba más mullida que el duro suelo. El colchón estaba bien relleno de olorosa hierba, la colcha se hallaba tersa y las almohadas sobresalían muy bien dispuestas. La repisa era un buen sitio para poner cosas. Toda la casa había cobrado mejor aspecto con la cama.

Aquella noche, cuando mamá fue a acostarse, se sentó en la mullida cama y dijo a papá:

—Te aseguro que me siento tan cómoda que casi resulta pecaminoso.

Mary y Laura aún dormían en el suelo, pero papá les haría una camita tan pronto como pudiese. Tras construir la cama grande, hizo una sólida alacena que cerró con candado; así que si los indios volvían no volverían a llevarse toda la harina de maíz. Ahora sólo le faltaba abrir un pozo y luego haría ese viaje a la ciudad. Tenía que excavar el pozo para que mamá tuviese agua cuando él se fuese.

A la mañana siguiente trazó un gran círculo en la hierba, cerca de una esquina de la casa. Con el azadón retiró la turba del interior del círculo, levantándola en grandes piezas. Luego empezó a cavar cada vez más hondo.

Mary y Laura no debían acercarse al pozo mientras papá estuviese cavando. Cuando ya no pudieron ver su cabeza, observaron cómo volaban por el aire las paletadas de tierra. Al final también saltó el azadón, que cayó sobre la hierba. Entonces salió papá de un salto. Se agarró con las manos al borde, afirmó después un codo y luego el otro, y después con un impulso se izó rodando.

—Ya no puedo cavar más hondo —dijo.

Ahora necesitaba ayuda. Así que tomó su fusil y partió a lomos de *Patty*. Cuando volvió traía un rollizo conejo y había llegado a un acuerdo con el señor Scott. El señor Scott le ayudaría a abrir el pozo y después él ayudaría al señor Scott a abrir el suyo.

Ni mamá ni Laura ni Mary conocían al señor y a la señora Scott. Su casa estaba oculta en un vallecito de la pradera. Laura había visto el humo alzarse allí, pero eso era todo.

El señor Scott llegó al amanecer del día siguiente. Era bajo y fuerte. Su pelo estaba descolorido por el sol y su piel era escamosa y de un rojo intenso. No se tostaba, se pelaba.

—Son este sol y este viento malditos —dijo—. Perdóneme, señora, pero resultan capaces de hacer hablar mal a un santo. Bien podría ser yo una culebra a juzgar por el modo en que cambio de piel en esta tierra.

A Laura le gustó. Cada mañana, tan pronto como fregaba los platos y hacía las camas, corría a ver al señor Scott y a papá trabajando en el pozo. El sol era cegador;

hasta los vientos soplaban cálidos, y las hierbas de la pradera amarilleaban. Mary prefería quedarse en casa y coser su centón. Pero Laura prefería la intensa luz, el sol y el viento, y no podía alejarse del pozo. Sin embargo, no la dejaban acercarse al borde.

Papá y el señor Scott habían construido una árgana. Se alzaba sobre el pozo y de cada extremo de su cuerda colgaba un cubo. Cuando daban vueltas a la manivela, un cubo descendía al pozo y el otro subía. Por las mañanas, el señor Scott descendía por la cuerda y cavaba. Llenaba de tierra los cubos casi tan rápidamente como papá podía izarlos y vaciarlos. Después de comer, papá bajaba por la cuerda al pozo y el señor Scott izaba los cubos.

Cada mañana, antes de que el señor Scott bajase por la cuerda, papá encendía una vela, la colocaba en un cubo y la bajaba hasta el fondo. Una vez Laura atisbó desde el borde y vio cómo brillaba la vela muy abajo en el negro agujero abierto en el suelo.

Entonces papá decía:

—Parece que todo está bien.

Y alzaba el cubo y apagaba la vela.

—Eso es una tontería, Ingalls —decía el señor Scott—. El pozo estaba bien ayer.

—No nos podemos confiar —replicaba papá—. Siempre es mejor asegurarse.

Laura ignoraba qué peligro temía papá cuando empleaba la vela. No lo preguntó porque papá y el señor Scott estaban ocupados. Pensó en averiguarlo más tarde pero se le olvidó.

Una mañana el señor Scott se presentó cuando papá aún estaba desayunando. Lo oyeron gritar:

—¡Hola! ¡Ya ha salido el sol! ¡Vamos, Ingalls!

Papá bebió su café y salió.

El árgana empezó a crujir y papá a silbar. Laura y Mary estaban fregando los platos y mamá hacía su enorme cama cuando papá dejó de silbar. Lo oyeron decir:

—¡Scott! ¡Scott!

Luego gritó:

—¡Caroline! ¡Ven pronto!

Mamá salió corriendo de la casa. Laura fue tras ella.

—Scott ha perdido el conocimiento o le ha pasado algo allá abajo —dijo papá—. Tengo que bajar a buscarlo.

—¿Has bajado antes la vela?

—No. Pensé que él ya lo había hecho. Le he preguntado si estaba todo bien y me ha dicho que sí.

Papá desató el cubo vacío de la cuerda y ató firmemente ésta al árgana.

—Charles, no puedes bajar. No debes ir —dijo mamá.

—Caroline, he de hacerlo.

—No puedes. ¡Oh, Charles, no!

—Tendré cuidado. No respiraré hasta que suba. No podemos dejarlo morir allá abajo.

Mamá dijo, muy enfadada:

—¡Laura, vete!

Así que Laura se alejó. Se quedó apoyada contra la casa y temblando.

—¡No, no, Charles! No puedo dejarte hacerlo —dijo mamá—. Monta a *Patty* y vete en busca de ayuda.

—No hay tiempo para eso.

105

—¿Y si no puedo levantarte? ¿Qué pasará si bajas y luego no consigo subirte...?

—Caroline, tengo que ir —declaró papá.

Se introdujo en el pozo. Su cabeza desapareció cuando empezó a deslizarse por la cuerda.

Mamá se puso en cuclillas y, haciendo pantalla con un mano, trató de ver lo que sucedía en el interior del pozo.

Por toda la pradera las alondras alzaban el vuelo, cantando mientras se elevaban en línea recta hacia el cielo. El viento estaba tornándose más cálido, pero Laura sentía frío.

De repente mamá se puso en pie de un salto y empuñó la manivela del árgana. La empujó con todas sus fuerzas. La cuerda se tensó y el árgana crujió. Laura pensó que papá se había desplomado en el oscuro fondo del pozo y que mamá no podía alzarlo. Pero el torno giró un poco y luego un poco más.

Apareció una mano de papá, sujetando la cuerda. Luego surgió su otra mano, que agarró a su vez la cuerda. Entonces asomó la cabeza de papá. Su brazo se sujetó al torno. Después, y de algún modo, consiguió hacer pie en el suelo y se sentó.

El torno giró y se oyó un profundo golpe allá abajo en el pozo. Papá pugnó por ponerse en pie y mamá dijo:

—¡Quédate sentado, Charles! Laura, trae un poco de agua. ¡Rápido!

Laura echó a correr. Volvió a toda prisa con el cubo de agua. Papá y mamá hacían girar el torno. La cuerda se enrolló lentamente y asomó el cubo. Atado al cubo y a la cuerda venía el señor Scott. Sus brazos, sus piernas y su cabeza colgaban, oscilando de un lado para otro, su boca estaba parcialmente abierta y sus ojos medio cerrados.

Papá tiró de él hasta tenderlo sobre la hierba. Papá le dio la vuelta y el señor Scott permaneció inmóvil en donde lo habían dejado. Papá le tomó el pulso en la muñeca y pegó un oído a su pecho. Después se tendió junto a él.

—Respira —dijo papá—. Se pondrá bien con el aire. Yo me encuentro bien. Muy cansado, eso es todo.

—¡Magnífico! —declaró mamá, muy enfadada—. ¡Dios mío, vaya susto y todo por no haber tomado la precaución más elemental! ¡Dios mío! Yo...

Se cubrió la cara con el delantal y se echó a llorar.

Aquél fue un día terrible.

—No quiero un pozo —afirmó mamá entre sollozos—. No vale la pena. ¡No quiero que corras tales riesgos!

El señor Scott había respirado un poco de gas en el fondo del pozo. Se deposita en lo más hondo de los pozos porque es más pesado que el aire. No se lo ve ni se lo huele. Pero cualquiera que lo respire largo tiempo, morirá. Papá había tenido que bajar hasta donde se hallaba ese gas para atar con la cuerda al señor Scott con objeto de sacarlo de allí.

Cuando el señor Scott se recobró, se marchó a su casa. Antes de irse declaró a papá:

—Tenía usted razón, Ingalls, en eso de la vela. Yo pensaba que era una tontería y no quise molestarme, pero ahora he averiguado que estaba en un error.

—Bien —dijo papá—. En donde no arde una vela, sé

que no puedo vivir. Y prefiero ser prevenido cuando me es posible. Pero bien está lo que bien acaba.

Papá descansó un poco. Había respirado un poco de gas y juzgó que debía descansar. Pero aquella tarde extrajo un hilo de una arpillera y tomó un poco de pólvora en un trapo; dejó un cabo del hilo junto a ésta.

—Ven, Laura —le dijo—, y te enseñaré algo.

Se dirigieron al pozo. Papá encendió el otro extremo del hilo y aguardó hasta que la llamita avanzó por el filamento. Luego dejó caer al pozo el paquetito.

En un minuto oyeron una sorda explosión y del pozo brotó una nubecilla de humo.

—Eso se llevará el gas.

Cuando desapareció la humareda, dejó a Laura que encendiera la vela y se quedase junto a él mientras la bajaba. La vela siguió brillando como una estrella a lo largo de todo su descenso por el pozo.

Así que al día siguiente papá y el señor Scott reanudaron la excavación. Pero cada mañana bajaban primero la vela.

Comenzó a manar un poco de agua en el pozo, pero no era suficiente. Los cubos subían llenos de barro, y papá y el señor Scott trabajaban cada día hundidos en el cieno. Por la mañana, cuando descendía, la vela iluminaba paredes rezumantes y su luz revelaba las ondas que hacía el agua cuando el cubo alcanzaba el fondo.

A papá le llegaba el agua a las rodillas y tenía que achicarla a cubos ante de poder empezar a cavar en el barro.

Un día, cuando cavaba, oyeron un grito que repercutió en todo el pozo. Mamá salió de la casa y Laura corrió hacia el pozo.

—¡Tire, Scott! ¡Tire! —gritó papá.

De abajo llegó el sonido de un gorgoteo. El señor Scott hizo girar el torno tan aprisa como pudo y papá asomó aferrado a la cuerda.

—¡Que me ahorquen si no hay allá abajo arenas movedizas! —dijo papá sin aliento cuando puso los pies en el suelo, embarrado y chorreando—. He metido con fuerza el azadón y de repente todo se ha venido abajo y el agua ha caído sobre mí por todos lados.

—Hay cerca de dos metros de cuerda mojada —dijo el señor Scott, enrollándola.

El cubo estaba lleno de agua.

—Ha hecho bien en trepar por la cuerda. El agua subía más aprisa de lo que yo hubiera podido subirlo a usted.

Entonces el señor Scott se dio un cachete a sí mismo.

—¡Y además ha conseguido traer el azadón!

Efectivamente, papá había conseguido recuperar el azadón.

Al cabo de un rato el pozo estaba casi lleno de agua. Sobre la superficie se reflejaba un círculo de cielo azul y cuando Laura se asomó, vio la cabeza de una niña pequeña que la observaba. Al agitar una mano, también se agitó una mano sobre la superficie del agua.

El agua estaba limpia, fresca y era potable. Laura pensó que jamás había probado algo que supiera tan bien como los largos tragos de agua que bebió. Papá no volvió a traer del arroyuelo aquella agua tibia y maloliente. Construyó sobre el pozo una sólida plataforma y lo cubrió con una pesada tapa que al levantarla dejaba un agujero en el centro para que pasara el cubo. Laura no debía tocar nunca esa tapa. Pero siempre que Mary o ella tenían sed, mamá alzaba la tapa y sacaba del pozo un cubo que chorreaba agua fresca y potable.

13

CORNILARGOS DE TEXAS

Una noche papá y Laura se sentaron en el portal de la casa.

La luna brillaba sobre la oscura pradera, el viento se había calmado y papá tocaba tranquilamente su violín.

Dejó vibrar una última nota que se fue muy lejos, hasta disolverse en la luz de la luna. Todo era tan bello que Laura hubiera deseado quedarse así para siempre. Pero papá dijo que ya era hora de que las niñas pequeñas se fuesen a la cama.

Entonces Laura oyó un lejano sonido, grave y extraño.

—¿Qué es eso? —preguntó.

Papá escuchó.

—¡Es ganado, por san Jorge! —dijo—. Tienen que ser reses que van hacia el norte, hasta Fort Dodge.

Tras desnudarse, Laura se quedó en camisón ante la ventana. No soplaba la brisa ni se oía el susurro de las hierbas. Muy lejos y muy tenue aún podía percibir aquel sonido. Era casi un rumor y casi un canto.

—¿Cantan, papá?

—Sí —repuso papá—. Los vaqueros cantan al ganado para que se duerma. ¡Y ahora, vete a la cama, bribonzuela!

Laura pensó en las reses tendidas sobre el oscuro suelo a la luz de la luna y en los vaqueros que las arrullaban quedamente.

A la mañana siguiente, cuando salió corriendo de la casa, vio junto a la cuadra a dos desconocidos montados a caballo. Hablaban con papá. Parecían tan cobrizos como los indios, pero sus ojos eran estrechas ranuras entre sombríos párpados. Llevaban zahones de cuero sobre las piernas, espuelas y sombreros de anchas alas, un pañuelo anudado al cuello y revólveres en las caderas.

Dijeron «Hasta luego» a papá y «Arre» a sus caballos y partieron al galope.

—¡Vaya suerte! —declaró papá a mamá.

Esos hombres eran vaqueros. Querían que papá los ayudase a mantener las reses lejos de las quebradas entre los riscos de la hondonada del riachuelo. Papá les había dicho que no les cobraría dinero, pero que aceptaría una pieza de vaca.

—¿Te gustaría una buena pieza de vaca? —preguntó papá.

—¡Oh, Charles! —dijo mamá.

Y sus ojos brillaron.

Papá se ató al cuello el más grande de sus pañuelos. Mostró a Laura cómo podía ponérselo sobre la boca y la nariz para que no le entrase el polvo. Luego se alejó sobre *Patty* por el sendero indio hasta que Laura y Mary no fueron ya capaces de distinguirlo.

Durante todo el día quemó el sol y soplaron vientos cálidos. Ahora se percibía más cercano el sonido de las reses. Los mugidos del ganado se unían en un tenue y gimiente rumor. Al mediodía se alzó el polvo a lo largo del horizonte. Mamá dijo que tantas reses hollaban la hierba y levantaban el polvo de la pradera.

Papá volvió al ponerse el sol. Llegaba cubierto de polvo. Había polvo en su barba y en sus cabellos y en el borde de sus párpados y caía polvo de su ropa. No llevaba carne de vaca porque el ganado aún no había cruzado el riachuelo. Las reses caminaban muy lentamente, pastando al tiempo que avanzaban. Tenían que comer suficiente hierba para estar gordas cuando llegasen a las ciudades en donde se las comerían las gentes.

Aquella noche papá no habló mucho ni tocó el violín. Se acostó poco después de cenar.

El ganado estaba ahora tan cerca que Laura podía oírlo muy bien. Los melancólicos mugidos persistieron sobre la pradera hasta que se hizo noche cerrada. Luego las reses callaron un poco y los vaqueros empezaron a cantar. Sus cantos no parecían canciones de cuna sino gemidos tristes y solitarios casi semejantes al aullido de los lobos.

Laura permaneció despierta, escuchando cómo iban y venían por la noche aquellas solitarias canciones. Más lejos aún, aullaban lobos. A veces las reses mugían. Pero las canciones de los vaqueros proseguían gimientes bajo la luna. Cuando se durmieron todos, Laura se deslizó furtivamente hasta la ventana y vio tres fuegos que brillaban como ojos rojizos en la oscura línea del horizonte. Por encima, el cielo se extendía enorme y rebosante de luz de luna. Aquellas canciones solitarias parecían llorar por la luna. Laura experimentó una dolorosa sensación en la garganta.

Durante todo el día siguiente Laura y Mary miraron hacia el oeste. Podían oír los lejanos mugidos de las reses y ver cómo se alzaba el polvo. A veces percibían, débil, un agudo chillido.

De repente aparecieron a la carrera, no lejos de la cuadra, doce cornilargos. Venían por una cañada que descendía hacia el riachuelo. Erectos los rabos, agitando sus terribles cuernos, hacían resonar el suelo bajo sus patas. Tras las reses y sobre un caballo moteado galopaba furiosamente un vaquero que pretendía ponerse a su cabeza. Agitaba su enorme sombrero y lanzaba gritos estridentes. Las reses giraron en redondo, entrechocando sus cuernos. Prosiguieron su carrera en dirección contraria y tras los cornilargos fue el vaquero para reunirlos con la manada. Remontaron una elevación del terreno y luego se perdieron de vista.

Laura corrió de un lado para otro, agitando su cofia y gritando como le había oído al vaquero hasta que mamá le dijo que se detuviera. No era propio de una niña hacer eso. A Laura le hubiera gustado ser un vaquero.

Luego, por la tarde, aparecieron por el oeste tres jinetes que conducían una sola vaca. Uno de los jinetes era papá, montado en *Patty*. Se acercaron lentamente y entonces Laura vio que con la vaca llegaba una ternera moteada.

La vaca venía tirando y saltando. Dos vaqueros cabalgaban bien apartados de ella. Dos cuerdas atadas a los cuernos se sujetaban en las sillas de los vaqueros.

Cuando la vaca pretendía arremeter contra uno de ellos, el otro se afirmaba en su caballo y la retenía. La vaca mugía y la ternera balaba débilmente.

Mamá observaba la escena desde la ventana mientras Mary y Laura miraban apoyadas contra la casa.

Los vaqueros sujetaron la vaca con sus cuerdas hasta que papá la ató a la cuadra. Entonces se despidieron y se marcharon.

Mamá no podía creer que papá hubiese traído de verdad una vaca a casa. Pero era realmente suya. La ternera era demasiado pequeña para caminar, dijo papá, y la vaca resultaría demasiado flaca para venderla. Le habían dado también la pieza de carne. Al pomo de la silla traía atado un buen pedazo.

Papá, mamá, Mary, Laura e incluso Carrie rieron de alegría. Papá siempre reía a carcajadas y su risa era como el tañido de campanas. Cuando mamá estaba contenta mostraba una ligera sonrisa que hacía que Laura se sintiese satisfecha. Pero ahora reía porque tenían una vaca.

—Dame un cubo, Caroline —dijo papá.

Iba a ordeñar a la vaca ahora mismo.

Tomó el cubo, se echó hacia atrás el sombrero y se puso en cuclillas junto a la vaca para ordeñarla. La vaca se encorvó y de una coz lo tiró de espaldas.

Papá se puso en pie de un salto. Su cara estaba enrojecida y sus ojos despedían chispitas azuladas.

—¡Pues, cueste lo que cueste, he de ordeñarla! —dijo.

Empuñó el hacha y talló dos gruesos tablones de roble. Empujó a la vaca contra la cuadra e hincó muy hondos en el suelo, ante el animal, los dos tablones. Luego sujetó a éstos unos travesaños que introdujo por el otro extremo en las grietas del muro de la cuadra para hacer una cerca.

Ahora la vaca no sería capaz de moverse ni para adelante ni para atrás ni tampoco hacia los lados. Pero la pequeña ternera podía meterse entre su madre y la pared. En cuanto la ternera se sintió segura, dejó de mugir. Se puso al lado de su madre y mamó. Por el otro lado papá metió la mano y la ordeñó. Consiguió llenar una taza de leche.

—Lo intentaremos de nuevo por la mañana —dijo—. Este pobre animal es tan salvaje como un ciervo. Pero la domesticaremos, claro que la domesticaremos.

Se hacía de noche. Los chotacabras cazaban insectos en la penumbra. En la hondonada del riachuelo croaban las ranas. Cantó una zumaya y le respondió una lechuza. Allá lejos aullaban los lobos y *Jack* gruñó.

—Los lobos siguen a la manada —dijo papá—. Mañana construiré para la vaca un cercado alto y fuerte en el que no puedan penetrar los lobos.

Así que todos se fueron a la casa con la pieza de carne. Papá, mamá, Mary y Laura coincidieron en que la leche debería ser para Carrie. La observaron cuando se la tomó. La taza ocultaba su cara, pero Laura podía distinguir los tragos de leche que iban garganta abajo. Trago a trago se bebió toda aquella leche tan buena. Luego se chupó la espuma de sus labios con su roja lengua y se echó a reír.

Pareció transcurrir un largo tiempo hasta que estuvieron listos la torta de maíz y los espléndidos filetes de vaca. Pero nada le había sabido nunca tan bien como aquella carne recia y jugosa. Y todo el mundo estaba contento porque ahora tomarían leche y quizá tuviesen incluso mantequilla para la torta de maíz.

Ahora se oían ya muy lejanos los mugidos del rebaño y apenas se oían las canciones de los vaqueros. Todo el ganado estaba ya en Kansas, al otro lado del riachuelo de la hondonada. Mañana proseguiría su largo viaje hacia Fort Dodge, en donde estaban los soldados.

14

EL CAMPAMENTO INDIO

Cada día hacía más calor que el anterior. El viento era bochornoso.

—Como si saliera de un horno —decía mamá.

La hierba amarilleaba. Todo el espacio hasta donde alcanzaba la vista se extendía verde y dorado bajo un sol cegador.

A mediodía aminoró el viento. No cantaban los pájaros. Todo estaba tan callado que Laura pudo percibir el parloteo de las ardillas en los árboles de la orilla del riachuelo. De repente volaron por encima unos negros cuervos entre ásperos graznidos. Volvió de nuevo el silencio.

Mamá dijo que se hallaban en el solsticio de verano.

Papá se preguntaba adónde habrían ido los indios. Afirmó que habían abandonado su pequeño campamento de la pradera. Y un día les preguntó a Laura y a Mary si les gustaría ver aquella acampada.

Laura brincó y aplaudió, pero mamá puso objeciones.

—Está demasiado lejos, Charles —dijo—. Y con este calor...

Los azules ojos de papá parpadearon.

—Este calor no hace daño a los indios ni nos lo hará a nosotros —aseguró—. ¡Vamos, niñas!

—¿No puede venir también *Jack*? —suplicó Laura.

Papá había tomado su fusil, pero luego miró a Laura y a *Jack*, después miró a mamá y dejó de nuevo el fusil en sus estaquillas.

—De acuerdo, Laura —dijo—. Me llevaré a *Jack*, Caroline, y te dejaré el fusil.

Jack saltó en torno a ellos, meneando el muñón de su cola. Tan pronto como advirtió en qué dirección iban, se adelantó trotando. Papá iba detrás y tras él caminaban Mary y luego Laura. Mary llevaba bien puesta la cofia, pero Laura se la echó hacia atrás para que le colgase del cuello.

El terreno bajo sus pies estaba caliente. Los rayos del sol atravesaban sus ajados vestidos y les producían hormigueos en los brazos y la espalda. El aire era en verdad tan caliente como salido de un horno y olía tenuemente a pan cocido. Papá afirmó que ese aroma procedía de todas las semillas de las hierbas que se estaban secando por efecto del calor.

Caminaron y caminaron por la vasta pradera. Laura se sentía cada vez más pequeña. Incluso papá no parecía tan grande como en realidad era. Al final descendieron hacia la pequeña hondonada en donde habían acampado los indios.

Jack fue tras un conejo. Papá dijo entonces:

—¡Déjalo ir, *Jack*! Tenemos carne suficiente.

Así que *Jack* se sentó y observó cómo el conejo bajaba dando saltos a la hondonada.

Laura y Mary miraron en torno a ellas. Se quedaron muy cerca de papá. En las pendientes de la hondonada crecían matorrales, arbustos con montones de bayas, tenuemente rosadas, y zumaques con piñas verdes pero que aquí y allá mostraban una hoja de un rojo intenso. Los penachos de los solidagos estaban tornándose grisáceos y colgaban pétalos amarillos de las coronas de los pajaritos.

Todo eso estaba oculto en aquella recogida y pequeña hondonada. Desde la casa Laura no había visto más que hierbas y ahora desde esa hondonada no podía ver la casa. La pradera parecía llana, pero no lo era.

Laura preguntó a papá si había muchas hondonadas como ésa en la pradera. Él le respondió que así era.

—¿Hay indios? —inquirió Laura casi en un cuchicheo.

Papá declaró que no lo sabía. Puede que los hubiera.

Laura apretó con fuerza la mano de papá y Mary agarró la otra. Luego observaron el campamento indio. Había cenizas en donde los indios habían encendido fuego. Había agujeros en el suelo en donde habían hincado los palos de sus tiendas. Encontraron huesos dispersos que habían roído los perros de los indios. Y por las laderas de la hondonada raleaba la hierba donde habían pastado sus caballos.

Por todas partes vieron huellas de mocasines grandes y pequeños y también de pies descalzos. Y sobre éstas había huellas de conejos, de aves y de lobos.

Papá explicó a Laura y Mary de quiénes eran las

huellas. Les mostró las de dos mocasines de tamaño mediano junto a las cenizas de una hoguera. Allí había estado en cuclillas una mujer india. Vestía una falda de cuero con flecos; en el polvo se habían marcado los diminutos rastros de los flecos. La marca de los dedos gordos de sus pies dentro de los mocasines era más honda que las de sus talones porque había estado inclinada adelante para remover algo que se cocía en una olla puesta al fuego.

Entonces papá recogió un palo ahorquillado y ennegrecido por el humo. Y les dijo que la olla había colgado de un travesaño soportado por dos palos como aquél. Mostró a Mary y a Laura los agujeros en donde habían estado hincados en el suelo los palos. Luego les pidió que observaran los huesos que había en torno de las cenizas y le dijeran qué se había guisado en la olla.

Ellas miraron y dijeron:

—Conejo.

Tenían razón: los huesos eran de conejo.

De repente Laura dijo:

—¡Mirad! ¡Mirad!

Algo azul y brillante relucía en el polvo. Lo recogió y vio que era una bonita cuenta azul. Laura gritó de júbilo.

Luego Mary vio una cuenta roja y Laura una verde y se olvidaron de todo lo que no fuesen las cuentas. Papá las ayudó a buscar. Encontraron cuentas blancas y cuentas pardas y más y más cuentas rojas y azules. Pasaron toda la tarde buscándolas entre el polvo del campamento indio. De vez en cuando papá subía al borde de la hondonada y miraba hacia la casa, luego volvía y las ayudaba a buscar más cuentas. Rebuscaron cuidadosamente por todo el terreno.

Cuando ya no pudieron encontrar más, atardecía. Laura tenía un puñado de cuentas y Mary tenía otras tantas. Papá las guardó con cuidado en su pañuelo, las cuentas de Laura en una esquina y las de Mary en otra. Se metió el pañuelo en el bolsillo y emprendieron el camino de regreso a casa.

A sus espaldas, el sol estaba ya bajo cuando salieron de la hondonada. La casa parecía muy pequeña y estaba muy lejos. Y papá no tenía su fusil.

Papá caminaba tan aprisa que Laura apenas podía mantenerse a su lado. Trotaba tan rápida como podía, pero el sol se hundía más de prisa. La casa parecía cada vez más lejana, la pradera más grande. Sopló el viento, murmurando algo aterrador. Todas las hierbas se agitaron como si estuviesen asustadas.

Entonces papá se volvió y sus azules ojos observaron parpadeando a Laura. Le dijo:

—¿Estás cansada, pequeña? Es un camino muy largo para unas piernas tan cortas.

La cogió y la alzó hasta sus hombros aunque ya fuese mayor. Se sintió segura contra él. Luego papá cogió a Mary de la mano y juntos llegaron así a casa.

La cena estaba haciéndose en el fuego, mamá ponía la mesa y Carrie jugaba en el suelo con unos pedacitos de madera. Papá lanzó su pañuelo a mamá:

—Hemos vuelto más tarde de lo que pensaba, Caroline —dijo—, pero mira lo que han encontrado las niñas.

Tomó el cubo y fue rápidamente a retirar a *Pet* y a *Patty* del pesebre y a ordeñar la vaca.

Mamá deshizo los nudos del pañuelo y lanzó un grito de sorpresa al ver las cuentas. Parecían aún más bonitas que en el campamento indio.

Laura removió las cuentas con un dedo y observó cómo centelleaban y relucían.

—Éstas son las mías —dijo.

Luego Mary declaró:

—Carrie puede quedarse con las mías.

Mamá aguardó a ver qué decía Laura. Laura no quería decir nada. Deseaba quedarse con esas cuentas tan bonitas.

Sentía calor muy adentro del pecho y hubiese querido con todas sus fuerzas que Mary no fuese siempre una niña tan buena. Pero tampoco podía permitir que Mary fuese mejor que ella.

Así que dijo lentamente:

—Carrie puede quedarse también con las mías.

—Me agrada mucho que seáis tan generosas —declaró mamá.

Puso las cuentas de Mary en sus manos y las de Laura en las suyas y les dijo que les daría un hilo para ensartarlas. Con las cuentas podría hacerse un bonito collar para Carrie.

Mary y Laura se sentaron, una junto a la otra, en su cama, y ensartaron aquellas preciosas cuentas con el hilo que mamá les dio. Cada una chupó un extremo del hilo para humedecerlo y luego lo retorció. Después Mary pasó su cabo por cada una de sus cuentas y Laura pasó por su cabo las suyas.

No decían nada. Tal vez Mary se sintiera satisfecha interiormente, pero Laura no se sentía de ese modo.

Cuando alzó los ojos hacia Mary, hubiera deseado abofetearla. Así que no se atrevió a volver a mirarla.

Las cuentas formaban una bella sarta. Carrie palmoteó y rió cuando la vio. Luego mamá la ató en torno al cuellecito de Carrie y allí relucieron las cuentas. Laura se sintió un poco mejor. Al fin y al cabo ni siquiera con las de Mary había cuentas suficientes para hacer un collar más grande, pero juntas formaban una espléndida sarta para Carrie.

Cuando Carrie sintió las cuentas en su cuello, les echó mano. Era tan pequeña que no sabía hacer nada mejor que romper el hilo. Así que mamá deshizo la sarta y guardó las cuentas hasta que Carrie fuera lo suficientemente mayor para poder llevarlas. Y después de aquello Laura pensó a menudo en aquellas cuentas y aún seguía sintiéndose suficientemente mala para desearlas para sí misma.

Pero había sido un día maravilloso. Siempre podría recordar aquel largo paseo por la pradera y todo lo que habían visto en el campamento indio.

15

MALARIA

Ahora las bayas ya estaban maduras y en las cálidas tardes Laura iba con mamá a recogerlas. Las enormes, negras y jugosas bayas colgaban en racimos de las matas de eglantinas de la hondonada del riachuelo. Algunas estaban a la sombra de los árboles y otras al sol, pero el sol quemaba tanto que Laura y mamá se guarecían a la sombra. Había muchísimas bayas.

Unos ciervos tendidos en los bosquecillos umbríos observaban a mamá y a Laura. Los arrendajos volaban sobre sus cofias y las regañaban porque estaban llevándose las bayas. Las culebras huían deslizándose a toda prisa y en los árboles despertaban las ardillas y parloteaban ante su presencia. Allí por donde fueran, entre las espinosas eglantinas, se alzaban zumbando enjambres de mosquitos.

Los mosquitos se agrupaban también en torno a las grandes bayas maduras, chupando su dulce zumo. Pero les gustaba picar a Laura y a mamá tanto como a las bayas.

Los dedos de Laura tenían un color purpúreo negruzco del zumo de las bayas. Su cara, sus manos y sus pies descalzos estaban acribillados de arañazos de las eglantinas y de picaduras de mosquito. Y manchados también de púrpura allí donde se había dado un manotazo para librarse de un mosquito. Pero cada día llevaban a casa cubos llenos de bayas que mamá extendía al sol para que se secaran.

Cada día comían las bayas que se les antojaba y para el invierno tendrían también bayas secas que guisar.

Mary apenas iba a recoger bayas. Se quedaba en casa, cuidando de Carrie, porque era la mayor. Durante el día sólo había uno o dos mosquitos en la casa. Por la noche, sin embargo, si el viento no soplaba con fuerza, aparecían espesos enjambres de mosquitos. En las noches en que no había viento, papá quemaba montones de hierba húmeda en torno a la casa y la cuadra. La hierba húmeda hacía mucho humo. Papá obraba así para alejar a los mosquitos, pero de todas maneras llegaban muchos.

Por las noches, papá no podía tocar su violín porque le picaban demasiados mosquitos. El señor Edwards no acudía a visitarlos después de la cena porque había densas nubes de mosquitos en la hondonada. Toda la noche *Pet* y *Patty*, y el caballito, la vaca y la ternera pateaban y agitaban sus colas en la cuadra. Y por las mañanas la frente de Laura aparecía moteada por las picaduras.

—Esto no durará mucho tiempo —dijo papá—. No está lejos el otoño y con el primer viento fresco se solucionará el problema.

Laura no se sentía muy bien. Un día notó frío incluso al sol y tampoco entró en calor junto al fuego.

Mamá les preguntó por qué Mary y ella no salían a jugar y Laura dijo que no tenía ganas. Estaba cansada y dolorida. Mamá detuvo su trabajo y les preguntó:

—¿Dónde os duele?

Laura replicó que no lo sabía exactamente.

—Simplemente me duele —añadió Mary.

Mamá las observó y dijo que le parecían bastante sanas. Pero declaró que algo iba mal, pues de otro modo no estarían tan quietas. Levantó la falda y la enagua de Laura para ver dónde le dolía y de repente Laura comenzó a tiritar. Tiritaba tanto que sus dientes le castañeteaban en la boca.

Mamá puso su mano contra la mejilla de Laura.

—No puedes tener frío —dijo—. Te arde la cara.

Laura sintió deseos de llorar, pero desde luego no lloró. Sólo los bebés lloraban.

—Ahora tengo calor —declaró—. Y me duele la espalda.

Mamá llamó a papá, que acudió en seguida.

—Charles, mira a las niñas —le pidió—. Creo que están enfermas.

—Bueno, yo tampoco me siento demasiado bien —dijo papá—. Primero tengo calor y luego frío y me duele todo el cuerpo. ¿Os pasa a vosotras lo mismo, niñas? ¿Os duelen los huesos?

Mary y Laura respondieron que así se sentían. Entonces mamá y papá se miraron largo tiempo y mamá afirmó:

—Donde tienen que estar las niñas es en la cama.

Era extraño eso de irse a la cama de día y Laura sentía tanto calor que le parecía como si todo se tambalease.

Se agarró al cuello de mamá mientras ésta la desnudaba y le suplicó que le dijese lo que le pasaba.

—Te pondrás bien, no te preocupes —dijo mamá cariñosamente.

Laura se metió en la cama y mamá la tapó. Estaba a gusto en la cama. Mamá acarició su frente con su mano fresca y suave y le dijo:

—Ya está. Ahora duerme.

Laura no se durmió, pero tampoco estuvo despierta durante mucho tiempo. Parecían suceder cosas extrañas como envueltas en una niebla. Veía a papá acurrucado junto al fuego en mitad de la noche y luego, de repente, hería sus ojos la luz del sol y mamá le daba caldo con una cuchara. A veces empezaba a encogerse, haciéndose cada vez más diminuta hasta ser tan pequeña como la cosa más mínima. Luego, lentamente, se agrandaba hasta ser mayor que cualquier otra cosa. Dos voces farfullaban cada vez más aprisa y luego una voz lenta se arrastraba, más despacio de lo que Laura podía soportar. No había palabras, sólo voces.

Mary estaba muy caliente en la cama, junto a ella. Mary se quitaba las mantas y Laura gritaba porque tenía mucho frío. Luego ardía y temblaba la mano de papá al sostener la taza con agua. El agua corrió por su cuello. Sus dientes castañeteaban contra el estaño de la taza hasta que apenas pudo beber. Entonces mamá la tapó y la mano de mamá ardía contra la mejilla de Laura.

Oyó decir a papá:

—Vete a la cama.

Mamá repuso:

—Tú estás más enfermo que yo.

Laura abrió los ojos y vio la brillante luz del sol. Mary sollozaba:

—¡Quiero agua! ¡Quiero agua! ¡Quiero agua!

Jack iba y venía entre la cama grande y la cama pequeña. Laura vio a papá tendido en el suelo junto a la cama grande.

Jack tendía la pata a papá y gemía. Agarró con los dientes la manga de papá y la meneó. Papá alzó un poco la cabeza y dijo:

—Tengo que levantarme. Tengo que levantarme. Caroline y las niñas.

Entonces dejó caer la cabeza y se quedó quieto. *Jack* alzó el morro y aulló.

Laura trató de levantarse, pero estaba demasiado cansada. Entonces vio la enrojecida cara de mamá por encima del borde de la cama grande. Mary seguía llorando para que le diesen agua. Mamá miró a Mary y luego miró a Laura y le preguntó:

—Laura, ¿puedes tú?

—Sí, mamá —replicó Laura.

Esta vez salió de la cama. Pero en cuanto trató de ponerse en pie, el suelo se tambaleó y ella se desplomó. La lengua de *Jack* lamió una y otra vez su cara. El perro se estremecía y gemía. Pero aguantó con firmeza cuando ella se sujetó a él y se sentó en el suelo, apoyándose en su flanco.

Sabía que tenía que llevar agua para que Mary dejase de llorar y así lo hizo. Fue a gatas por el suelo hasta donde estaba el cubo de agua. Quedaba muy poca. Temblaba tanto de frío que apenas podía sujetar el cazo.

Pero logró asirlo. Sacó un poco de agua y se dispuso a cruzar de nuevo la enorme habitación. *Jack* no se apartó de ella ni un solo instante.

Mary no abrió los ojos. Sus manos sostuvieron el cazo y bebió toda el agua. Entonces dejó de llorar. El cazo cayó al suelo y Laura se metió bajo las mantas. Tardó mucho tiempo en entrar en calor.

A veces oía los gemidos de *Jack*. A veces aullaba y pensó que tal vez fuera un lobo, pero no sintió miedo. Acostada, ardiendo, lo escuchaba aullar. Oyó de nuevo el farfullar de las voces y la lenta voz que arrastraba los sonidos. Abrió lo ojos y vio una cara enorme y negra sobre la suya.

Era negra como el azabache y reluciente. Sus ojos eran negros y dulces. Sus dientes resplandecían en una boca grande. Ese rostro le sonrió y con voz profunda dijo cariñosamente:

—Bebe esto, niña.

Un brazo pasó bajo sus hombros y una negra mano acercó una taza a su boca. Laura tragó algo amargo y trató de apartar la cabeza, pero la taza siguió a su boca. La voz dulce y profunda dijo de nuevo:

—Bébetelo. Te sentará bien.

Así que Laura bebió todo aquel líquido amargo.

Cuando despertó, una mujer gruesa atizaba el fuego. Laura la observó cuidadosamente y no era negra. Estaba tostada, como mamá.

—Un vaso de agua, por favor —dijo Laura.

La mujer gruesa se la trajo. Aquella agua fresca hizo que Laura se sintiese mejor. Miró a Mary, que estaba dormida a su lado; miró a papá y a mamá, dormidos en la cama grande. *Jack* estaba tendido en el suelo, medio dormido. Laura miró otra vez a la mujer gorda y preguntó:

—¿Quién es usted?

—Soy la señora Scott —le dijo, sonriendo—. Te sientes mejor ahora, ¿verdad?

—Sí, gracias —repuso cortésmente Laura.

La mujer gruesa le llevó una taza de caldo de perdiz blanca.

—Tómatelo todo, como una buena chica —le dijo.

Laura bebió hasta la última gota de aquel excelente caldo.

—Ahora duerme —ordenó la señora Scott—. Estoy aquí para ocuparme de todo hasta que os pongáis bien.

A la mañana siguiente Laura se sintió ya tan mejorada que quiso levantarse, pero la señora Scott le dijo que tenía que permanecer en la cama hasta que llegase el médico. Se echó y vio cómo la señora Scott limpiaba la casa y daba la medicina a papá, a mamá y a Mary. Luego le tocó a Laura. Abrió la boca y la señora Scott vertió sobre su lengua algo terriblemente amargo que sacó de un papel doblado. Laura bebió agua y tragó y tragó. Volvió a beber. Podía tragar aquellos polvos, pero no conseguía librarse del sabor amargo.

Luego llegó el médico. Era un hombre negro. Laura jamás había visto antes a un negro y no podía apartar sus ojos del doctor. Su nombre era Tan, que en inglés significa «tostado». Era muy negro. Hubiera sentido miedo de él de no haberle agradado tanto. Le sonrió con sus blancos dientes. Habló con papá y mamá y rió alegremente. Todos hubieran deseado que se quedase más tiempo, pero tenía prisa.

La señora Scott contó que todos los colonos instalados a lo largo del riachuelo habían contraído malaria. No había gente que se sintiera demasiado bien para cuidar a los enfermos y ella había tenido que ir de casa en casa, trabajando noche y día.

—Es sorprendente que todos ustedes hayan sobrevivido —declaró—. Cayeron enfermos al mismo tiempo.

Afirmó que ignoraba lo que hubiera podido suceder de no haberlos hallado el doctor Tan.

El doctor Tan era un médico de los indios. Iba camino de Independence, hacia el norte, cuando llegó a la casa. Era extraño que *Jack*, a quien no le gustaban los desconocidos y nunca permitía a ninguno acercarse a la casa hasta que se lo ordenaran papá o mamá, acudiera al doctor Tan y lo acosara para que entrase.

—Y aquí estaban todos ustedes, más muertos que vivos —declaró la señora Scott.

El doctor Tan se quedó con ellos un día y una noche hasta que llegó la señora Scott. Ahora estaba atendiendo a todos los colonos enfermos.

La señora Scott afirmó que la enfermedad procedía de comer sandías. Y aseguró:

—Lo he dicho cien veces, si no han sido más, esas sandías...

—¿Cómo dice? —preguntó papá—. ¿A qué sandías se refiere?

La señora Scott afirmó que uno de los colonos había sembrado sandías en la hondonada del riachuelo. Y que todo el que comió una de aquellas sandías se puso malo al instante. Afirmó que se lo había advertido.

—Pero no —dijo—, no había modo de discutir con

ellos. Se comieron todas aquellas sandías y ahora lo están pagando.

—No he probado una buena raja de sandía desde hace no sé cuánto tiempo —declaró papá.

Al día siguiente se levantó. Al otro se levantó Laura. Luego se levantó mamá y después Mary. Todos se hallaban delgados y débiles, pero podían cuidar de sí mismos. Así que la señora Scott regresó a su casa.

Mamá dijo que no sabía cómo agradecérselo y la señora Scott afirmó:

—¡Bah! ¿Para qué están los vecinos si no es para ayudarse unos a otros?

Papá estaba demacrado y andaba despacio. Mamá se sentaba a menudo para descansar. Laura y Mary no tenían ganas de jugar. Cada mañana todos tomaban aquellos polvos amargos. Pero mamá aún mostraba su encantadora sonrisa y papá silbaba alegremente.

—No hay mal que por bien no venga —declaró.

Como no se sentía con fuerzas para trabajar, decidió hacer una mecedora para mamá.

Trajo de la hondonada del riachuelo algunas varas de mimbre y empezó a hacer la mecedora en la casa. Podía detenerse en cualquier momento para echar leña al fuego o para retirar una olla de la lumbre en lugar de mamá.

Primero hizo cuatro patas cortas y las unió sólidamente con travesaños. Luego sacó finas tiras de las resistentes varas de mimbre y las entretejió una y otra vez hasta hacer el asiento de la mecedora.

Después hendió por la mitad un vástago largo y recto. Sujetó el extremo de una de las dos mitades al costado del asiento y lo curvó una y otra vez, haciendo lo mismo en el costado opuesto con la otra mitad. Así consiguió el respaldo que sujetó sólidamente, entretejiendo más mimbre entre las dos mitades del vástago.

Con la otra mitad del vástago, papá hizo los brazos de la mecedora, doblándolos desde la parte anterior del asiento hasta el respaldo y tendiendo más mimbres entretejidos.

Finalmente escindió un sauce más grande que había crecido inclinado. Puso la silla boca abajo y clavó a sus patas las dos tablas curvadas para hacer los patines. Así concluyó la mecedora.

Entonces lo celebraron. Mamá se quitó su delantal y se alisó sus suaves cabellos de color castaño. Se prendió su alfiler de oro en el cuello del vestido. Mary ató la sarta de cuentas en torno al cuello de Carrie. Papá y Laura colocaron la almohada de Mary en el asiento de la mecedora y la almohada de Laura contra el respaldo. Sobre las almohadas, papá extendió la colcha de la camita. Luego cogió de la mano a mamá y la condujo hasta la mecedora y colocó a Carrie en sus brazos.

Mamá se arrellanó. Se encendieron sus macilentas mejillas y en sus ojos brillaron unas lágrimas, pero su sonrisa era magnífica. La silla se meció suavemente y dijo:

—¡Oh, Charles! Jamás me había sentido tan cómoda.

Entonces papá tomó el violín y a la luz del fuego tocó y cantó en honor de mamá. Mamá se meció y Carrie se durmió y Mary y Laura, sentadas en su banco, se sintieron muy felices.

Al día siguiente, sin decir adónde iba, papá se fue a lomos de *Patty*. Mamá no dejaba de preguntarse adónde habría ido. Y cuando regresó, papá sostenía contra él en la silla una sandía.

Apenas podía meterla en la casa. La dejó caer en el suelo y él se desplomó al lado.

—Pensé que nunca volvería —declaró—. Debe de pesar unos veinte kilos y yo me siento aún muy débil. Pásame el cuchillo de cortar la carne.

—¡Pero Charles! —dijo mamá—. No debes... la señora Scott declaró...

Papá reía como antes.

—Eso no tiene sentido —afirmó—. Ésta es una sandía excelente. ¿Por qué íbamos a coger la malaria? Todo el mundo sabe que la malaria viene de respirar el aire nocturno.

—Esta sandía ha crecido expuesta al aire nocturno —aseguró mamá.

—¡Tonterías! —repuso papá—. Dame el cuchillo de cortar carne. Me comería esta sandía aunque supiese que me iba a dar escalofríos y fiebre.

—Estoy segura de que lo harías —declaró mamá, entregándole el cuchillo.

El cuchillo penetró en la sandía con un delicioso sonido. La sandía se abrió. Por dentro era toda roja, moteada de negras semillas. El corazón estaba verdaderamente frío. No había nada tan tentador en un día tan cálido como una sandía semejante.

Mamá no quiso probarla. Tampoco dejó que Laura y Mary la comieran. Pero papá se comió raja tras raja hasta que al final suspiró y dijo que le daría a la vaca el resto.

Al día siguiente tuvo algunos escalofríos y un poco de fiebre; mamá culpó a la sandía. Pero al otro día fue ella quien sufrió escalofríos y un poco de fiebre. Así que ignoraban cuál había sido la causa de la malaria.

Nadie sabía en aquellos tiempos en qué consistía la malaria ni tampoco que se transmitía por la picadura de ciertos mosquitos.

16

SE INCENDIA LA CHIMENEA

La pradera había cambiado. Ahora era de un amarillo oscuro, casi pardo, por donde se extendían rojos trazos de zumaques. El viento gemía en las altas hierbas y murmuraba tristemente sobre la corta y rizada grama. Por la noche sonaba como si alguien sollozase.

Papá dijo de nuevo que aquélla era una gran tierra. En Wisconsin tenía que cortar heno, secarlo y guardarlo en el granero para el invierno. Allí, en la pradera alta, el sol había secado las hierbas altas en el mismo lugar donde habían crecido, y durante todo el invierno los caballos y la vaca podrían pacer aquel heno. Sólo necesitaba guardar un poco para los días borrascosos.

Ahora que había refrescado el tiempo, iría a la ciudad. No había ido con el rigor del verano porque el calor hubiera resultado excesivo para *Pet* y *Patty*. Tenían que tirar de la carreta unos treinta kilómetros por jornada para llegar a la población en dos días.

Y él no quería hallarse lejos de casa más tiempo del preciso.

Guardó en el granero una pequeña cantidad de heno. Cortó leña para el invierno y acordonó la casa con la leña. Ahora sólo le quedaba conseguir carne suficiente para el tiempo que estuviese fuera, así que se fue a cazar.

Laura y Mary jugaban al aire libre. Cuando oían el eco de un disparo en los bosques que se sucedían a lo largo del riachuelo, sabían que papá había conseguido algo de carne.

El viento era ya más frío. A lo largo de todo el riachuelo se alzaban, volaban y tornaban a posarse bandadas de patos silvestres. Del norte llegaban al riachuelo bandadas de ánades que volaban hacia el sur, formando una uve. El jefe, que volaba el primero, llamaba al resto de los ánades y, uno tras otro, todos le respondían. Luego volvía a llamarlos y todos le contestaban sucesivamente. Volaba hacia el sur en línea recta, seguido por los demás ánades en anchas uves.

Las copas de los árboles que se alzaban junto al riachuelo habían cambiado de color. Los robles habían cobrado tonalidades rojizas, amarillas, pardas y verdes. Los chopos, los sicomoros y los nogales mostraban ahora un amarillo brillante. El cielo ya no era de un azul tan intenso y el viento soplaba con fuerza.

Aquella tarde el viento fue muy duro y hacía frío. Mamá llamó a Mary y a Laura para que se metiesen en casa. Hizo fuego, acercó la mecedora al hogar y se sentó, acunando a Carrie y cantándole quedamente:

Ea, mi niña, ea.
Su papá se ha ido de caza
y le traerá una piel de conejo
para hacerle una capa.

Laura percibió un ligero crujido en la chimenea. Mamá dejó de cantar. Se inclinó hacia adelante y miró hacia la parte superior de la chimenea. Entonces se puso en pie con serenidad, dejó a Carrie en brazos de Mary, hizo que ésta se sentara en la mecedora y corrió afuera. Laura fue tras ella a toda prisa.

Ardía toda la parte superior de la chimenea. Los palos con que había sido construida estaban quemándose. El viento atizaba el fuego y las llamas estaban ya muy próximas al tejado. Mamá empuñó una larga pértiga y golpeó una y otra vez al fuego. En torno a ella comenzaron a caer maderos ardiendo.

Laura no sabía qué hacer. Empuñó también otra pértiga, pero mamá le dijo que se apartara. El fuego era terrible. Podía arder toda la casa y Laura no era capaz de hacer nada. Corrió hacia la casa. Por la chimenea caían palos ardiendo y brasas que rodaban por el hogar. La casa estaba llena de humo. Un enorme palo al rojo rodó por el suelo, bajo las faldas de Mary. Mary no podía moverse. Estaba muy asustada.

Laura estaba demasiado asustada para detenerse a pensar. Agarró el respaldo de la pesada mecedora y tiró con todas sus fuerzas. Luego cogió el palo que ardía y lo tiró a la chimenea justo cuando mamá entraba.

—Eres una buena chica, Laura, por recordar que nunca se debe dejar fuego en el suelo —declaró mamá.

Cogió el cubo de agua, y rápida pero serenamente, lo vertió en el hogar. Brotaron nubes de vapor.

Después mamá preguntó:

—¿Te has quemado las manos?

Examinó las manos de Laura, pero no se las había quemado porque había lanzado al instante el palo ardiendo.

En realidad Laura no lloraba. Era demasiado mayor para llorar. Sólo que a cada ojo se le asomaba una lágrima y sentía un nudo en la garganta, pero eso no era llorar. Ocultó su cara contra mamá y se apretó con fuerza. Estaba contenta de que el fuego no hubiese hecho nada a mamá.

—No llores, Laura —dijo mamá, acariciándole el pelo—. ¿Has pasado miedo?

—Sí —repuso Laura—. Temía que se quemasen Mary y Carrie. Temía que la casa ardiera y nos quedásemos sin casa, ¡y ahora estoy muy asustada!

Mary ya podía hablar. Contó a mamá cómo Laura había retirado la silla del fuego. Laura era tan pequeña, y tan pesada la silla con Mary y Carrie encima, que mamá se sintió sorprendida. Afirmó que no sabía cómo había sido Laura capaz de hacerlo.

—Eres una niña valiente, Laura —dijo.

Pero Laura se había asustado muchísimo.

—Y no os preocupéis —prosiguió mamá—. La casa no ha ardido ni se ha prendido la falda de Mary, quemándola a ella o a Carrie. Así que no ha pasado nada.

Cuando papá volvió, halló el fuego apagado. El viento rugía sobre lo que había quedado de piedra en la chimenea y la casa estaba fría. Pero papá aseguró que construiría tan bien la nueva chimenea con palos verdes y arcilla húmeda y con yeso que nunca volvería a arder.

Había llevado cuatro gordos patos y dijo que hubiera podido matar centenares. Pero cuatro eran todo lo que necesitaban. Previno a mamá:

—Guarda la plumas de los patos y ánades que comamos y acabaré por conseguirte un colchón de plumas.

Desde luego podría haber cobrado un ciervo, pero no hacía aún suficiente frío para que se congelase la carne y evitar así que se echara a perder antes de que se la comieran toda. Y había encontrado un lugar donde se congregaba una bandada de pavos silvestres.

—Nuestros pavos de Acción de Gracias y de Navidad —declaró—. Grandes y gordos. Los cobraré cuando llegue el momento.

Silbando, papá fue a preparar barro y a cortar ramas verdes mientras mamá pelaba los patos. Luego el fuego crepitó alegremente, asaron un pato gordo y se coció la torta de maíz. Todo volvía a ser simpático y agradable.

Después de la cena afirmó que creía que lo mejor sería partir a la ciudad a la mañana siguiente.

—Iré y volveré sin detenerme —anunció.

—Sí, Charles, mejor será que vayas —dijo mamá.

—Claro está que podríamos seguir adelante aunque no fuese —declaró papá—. No es preciso ir a la ciudad cada vez que nos falte alguna insignificancia. He fumado mejor tabaco que el que cultivó Scott cuando vivía en Indiana, pero qué más da. El próximo verano cultivaré algo y le devolveré el préstamo. Me gustaría no deberle esos clavos a Edwards.

—Pero se los debes, Charles —replicó mamá—. Y por lo que al tabaco se refiere, tampoco a mí me gusta deber nada. Necesitamos más quinina. He estado escatimando la harina de maíz, pero ya casi no me queda, y lo mismo sucede con el azúcar. Podrías encontrar una colmena, pero por lo que yo sé no hay árboles que den maíz y no tendremos cosecha hasta el próximo año. Además, después de toda esta caza, nos vendría bien un poco de cerdo en salazón. Y quiero escribir a nuestros parientes de Wisconsin. Si echas ahora una carta al correo, ellos podrán contestarnos en invierno y sabremos de sus vidas la próxima primavera.

—Tienes razón, Caroline, siempre la tienes —dijo papá.

Entonces se volvió hacia Mary y Laura y les anunció que era hora de ir a la cama. Si tenía que ponerse en camino por la mañana temprano, mejor sería que se durmiese pronto.

Se quitó las botas mientras Mary y Laura se ponían sus camisones. Pero cuando ya estaban en la cama, tomó el violín. Tocó y cantó suavemente:

> *Tan verde crece el laurel,*
> *tan verde crece la ruda.*
> *Tan triste es, amor mío,*
> *separarme de ti.*

Mamá se volvió hacia él y sonrió:

—Cuídate en el viaje, Charles, y no te preocupes por nosotras. Nada nos sucederá.

17

PAPÁ VA A LA CIUDAD

Papá se marchó antes de que amaneciera. Cuando Laura y Mary se despertaron, ya se había ido y todo estaba vacío y solitario. No era como si papá hubiese ido a cazar. Había ido a la ciudad y no volvería hasta que pasaran cuatro largos días.

Habían encerrado a *Bunny* en la cuadra para que no pudiese ir tras su madre. El viaje resultaba demasiado largo para un potrillo. *Bunny* gemía desconsolado. Laura y Mary se quedaron en casa con mamá. Afuera todo parecía demasiado grande y vacío para jugar cuando papá estaba lejos. Y *Jack*, además, se mostraba inquieto y vigilante.

A mediodía Laura fue con mamá a dar de beber a *Bunny* y a echar hierba fresca al cercado de la vaca. Ésta se había convertido ya en un manso animal. Iba a donde mamá la llevaba e incluso la dejaba que la ordeñara.

Cuando llegó el momento de ordeñarla, y en el instante en que mamá se ponía su gorro, a *Jack* se le erizaron de repente todos los pelos del cuello y del lomo y salió corriendo de la casa. Oyeron un grito, diversos ruidos precipitados y una voz que decía:

—¡Aparte a su perro! ¡Aparte a su perro!

El señor Edwards estaba en lo alto del montón de leña y *Jack* subía tras él.

—Me está atacando —dijo el señor Edwards, retrocediendo en lo alto del montón de leña.

A duras penas consiguió mamá retirar de allí a *Jack*, que mostraba fieramente los dientes y tenía enrojecidos los ojos. Tuvo que permitir que el señor Edwards bajase del montón de leña, pero no lo perdió de vista un solo minuto.

—Parece saber que el señor Ingalls no está aquí —afirmó mamá.

El señor Edwards comentó que los perros sabían más que lo que la mayoría de la gente suponía.

Aquella mañana, camino de la ciudad, papá se había detenido en casa del señor Edwards y le había pedido que cada día fuese hasta allí para comprobar que todo marchaba bien. Y el señor Edwards era tan buen vecino que decidió ir cuando fuese necesario realizar las faenas de cada día y llevarlas a cabo en lugar de mamá. Pero *Jack* estaba resuelto a no permitir que nadie que no fuese mamá se acercara a la vaca o a *Bunny* mientras papá se hallaba ausente. Hubo que encerrarlo en la casa mientras el señor Edwards se encargaba de realizar las tareas.

Cuando el señor Edwards se marchaba, dijo a mamá:

—Tenga al perro esta noche dentro de la casa y se sentirá segura.

La oscuridad envolvió lentamente la casa. El viento gimió tristemente y las lechuzas gritaron:

—¿Huu-uu? Uuuuh.

Aulló un lobo y *Jack* gruñó sordamente, Mary y Laura se sentaron muy cerca de mamá junto al fuego. Sabían que estaban seguras dentro de casa porque *Jack* estaba allí y mamá había corrido el cerrojo.

El día siguiente resultó tan vacío como el primero. *Jack* iba y venía alrededor de la cuadra y de la casa y luego volvía a emprender su recorrido. No prestaba ninguna atención a Laura.

Por la tarde la señora Scott acudió a visitar a mamá. Mientras charlaban, Laura y Mary permanecieron educadamente sentadas, tan quietas como ratones. La señora Scott admiró la nueva mecedora. Cuanto más se mecía, más le gustaba, y afirmó que la casa era muy bonita y cómoda y que estaba muy limpia.

Declaró que confiaba que no hubiera dificultades con los indios. El señor Scott había oído rumores inquietantes. Y aseguró:

—Jamás harán nada de provecho en esta región. Todo lo que hacen es vagar de aquí para allá como animales salvajes. Con tratados o sin tratados, la tierra pertenece a quienes la cultivan. Es de sentido común y de justicia.

Aseguró que no sabía por qué el gobierno firmaba tratados con los indios. Tan sólo pensar en los indios, se le helaba la sangre en la venas. Y afirmó:

—No puedo olvidarme de la matanza de Minnesota. Mi padre y mis hermanos fueron con el resto de los colonos y consiguieron detenerlos sólo a veinticinco kilómetros de donde vivíamos. Oí muchas veces contar a papá...

Mamá hizo un seco sonido con su garganta y la señora Scott se calló. Fuera lo que fuese aquella matanza, se trataba de algo que no debían mencionar las personas mayores cuando había niñas pequeñas escuchando.

Después de que se marchó la señora Scott, Laura preguntó a mamá qué era una matanza. Mamá respondió que no podía explicárselo entonces, que era algo que Laura comprendería cuando fuese mayor.

El señor Edwards se presentó a hacer las faenas a la tarde siguiente y *Jack* lo obligó de nuevo a subirse al montón de leña. Mamá hubo de arrastrarlo lejos de allí. Confesó al señor Edwards que no podía comprender lo que le había pasado a aquel perro. Tal vez el viento lo hubiese trastornado.

El viento lanzaba un aullido salvaje y extraño y pasaba a través de la ropa de Laura como si no existiese. Sus dientes y los dientes de Mary castañeteaban mientras llevaban a la casa muchas brazadas de leña.

Aquella noche imaginaron a papá en Independence. Si nada lo había retrasado, habría acampado allí por entonces, cerca de las casas y de la gente. Luego, si empezaba pronto, podría partir aquel mismo día. Y acampar en la pradera por la noche. Y a la noche siguiente estaría quizá en casa.

Por la mañana el viento soplaba con fuerza y era tan frío que mamá dejó cerrada la puerta. Laura y Mary se quedaron junto al fuego y escucharon el viento, que chillaba en torno a la casa y aullaba en la chimenea. Aquella tarde se preguntaron si papá estaría saliendo de Independence, camino de casa, contra el viento.

Luego, cuando se hizo de noche, se preguntaron dónde habría acampado. El viento era terriblemente frío. Penetraba incluso en aquella casa tan abrigada y les producía escalofríos en la espalda mientras ardían sus caras con el calor del fuego. En algún lugar de la enorme, oscura y solitaria pradera, papá había acampado bajo aquel viento.

El día siguiente fue muy largo. No podían confiar que papá se presentase por la mañana, pero aguardaron a pesar de todo. Por la tarde empezaron a vigilar el camino del riachuelo. También vigilaba *Jack*. Gemía por escapar y daba vueltas alrededor de la cuadra y de la casa, deteniéndose a mirar hacia la hondonada del riachuelo. El viento casi lo arrancaba del suelo.

Cuando regresó no quiso tenderse. Iba inquieto de un lado a otro. Se le erizaba el pelo del cuello, luego se le alisaba y volvía a erizársele. Trató de mirar por la ventana y luego gimió ante la puerta. Pero cuando mamá la abrió, cambió de parecer y no salió.

—*Jack* teme algo —afirmó Mary.

—¡*Jack* nunca teme nada! —le replicó Laura.

—Laura, Laura —dijo mamá—, no está bien contestar de ese modo.

Al minuto siguiente *Jack* decidió salir. Fue a ver si la vaca, la ternera y el potro estaban bien en la cuadra. Y Laura hubiera querido decir a Mary: «¡Ya te lo dije!», pero se conformó con desearlo y no abrió la boca.

Cuando llegó el momento de atender a los animales, mamá dejó a *Jack* dentro de casa para que no pudiera perseguir al señor Edwards hasta el montón de leña. Papá aún no había regresado. El viento empujó al señor Edwards al interior de la casa. Llegaba sin aliento y entumecido de frío. Se calentó junto al fuego antes de empezar a trabajar y cuando terminó con las faenas se sentó para calentarse de nuevo.

Dijo a mamá que los indios habían acampado junto a los riscos, que había visto el humo de sus fuegos cuando cruzó la hondonada. Preguntó a mamá si disponía de una arma.

Mamá respondió que tenía el rifle de papá, y el señor Edwards declaró:

—Creo que en una noche como ésta no saldrán de su campamento.

—Sí —repuso mamá.

El señor Edwards añadió que podría dormir muy cómodamente sobre el heno de la cuadra y que pasaría allí la noche si mamá quería. Mamá le dio amablemente las gracias, pero afirmó que no deseaba causarle tantas molestias, que ya estaban bastante seguras con *Jack*.

—Espero al señor Ingalls en cualquier momento —le informó.

Así que el señor Edwards se puso su capote y su gorro, su bufanda y sus mitones y recogió su fusil. Afirmó que en cualquier caso no creía que pudiera molestarlas nada.

—No —dijo mamá.

Cuando cerró la puerta tras él, corrió el cerrojo, aunque todavía no era noche cerrada. Laura y Mary podían ver claramente el camino del sendero y siguieron observándolo hasta que la oscuridad lo ocultó. Luego mamá cerró y atrancó el postigo de madera de la ventana. Papá no había vuelto.

Cenaron. Fregaron los platos y barrieron el hogar y tampoco se presentó. Afuera, en la negrura en donde él se hallaba, el viento chillaba, gemía y aullaba. Agitaba el cerrojo de la puerta y hacía vibrar los postigos de las ventanas. Gritaba por la chimenea mientras el fuego rugía y se avivaba.

Laura y Mary aguzaban durante todo el tiempo sus oídos para percibir el ruido de las ruedas de la carreta. Sabían que también mamá escuchaba aunque mecía y cantaba a Carrie para que se durmiera.

Carrie se quedó dormida y mamá siguió meciéndola suavemente. Al fin desnudó a Carrie y la metió en la cama. Laura y Mary se miraron; no deseaban acostarse.

—¡Es hora de ir a la cama, niñas! —dijo mamá.

Entonces Laura le suplicó que la dejase aguardar hasta que llegase papá, y Mary la apoyó hasta que, por fin, mamá se lo autorizó.

Permanecieron sentadas un largo, larguísimo tiempo. Mary bostezaba, luego bostezaba Laura y después bostezaban las dos. Pero mantuvieron sus ojos muy abiertos. Los ojos de Laura veían cómo las cosas se hacían muy grandes y muy pequeñas y a veces veía dos Marys y otras veces no podía ver ninguna. Pero estaba resuelta a aguardar sentada hasta que llegase papá. De repente le sobresaltó un terrible ruido y mamá la recogió del suelo. Se había caído del banco.

Trató de decir a mamá que no estaba bastante dormida para que necesitara ir a la cama, pero un enorme bostezo casi partió en dos su cabeza.

En mitad de la noche se sentó de repente en la cama. Mamá seguía en la mecedora junto al fuego. Resonaba el cerrojo de la puerta, los postigos vibraban, el viento estaba aullando. Mary tenía los ojos abiertos y *Jack* iba de un lado para otro.

—Échate, Laura, y duerme —dijo mamá, cariñosamente.

—¿Quién aúlla? —preguntó Laura.

—Es el viento —repuso mamá—. Ahora obedéceme, Laura.

Laura se echó, pero no cerró los ojos. Sabía que papá se encontraba allá afuera, en la oscuridad, de donde llegaban esos terribles aullidos. Los salvajes estaban en los riscos de la hondonada del riachuelo y papá tendría que cruzar esa hondonada en la oscuridad. *Jack* gruñó.

Entonces mamá comenzó a mecerse suavemente en la silla. La luz del fuego se reflejaba en todo el cañón del fusil de papá que mamá tenía en su regazo. Y mamá cantó, suave y dulcemente:

> *Hay un país feliz,*
> *lejos, muy lejos,*
> *en donde se hallan los santos en su gloria,*
> *claro, claro, como el día.*
> *Oh, oíd cantar a los ángeles,*
> *gloria al Señor, nuestro Rey...*

Laura no sabía que se había quedado dormida. Pensó que los resplandecientes ángeles empezaban a cantar con mamá y se quedó escuchando su canto celestial hasta que de repente abrió los ojos y vio a papá junto al fuego.

Saltó de la cama, gritando:

—¡Papá! ¡papá!

Las botas de papá estaban cubiertas de barro congelado, el frío había enrojecido su nariz y todos sus pelos estaban erizados. Tenía tanto frío que éste traspasó el camisón de Laura cuando llegó hasta él.

—¡Aguarda! —dijo.

Envolvió a Laura en el enorme chal de mamá y luego la abrazó. Todo se había arreglado. La casa estaba abrigada con el fuego y se olía el cálido aroma del café, mamá sonreía y papá estaba allí.

El chal era tan grande que Mary se envolvió en el otro extremo. Papá se quitó sus tiesas botas y calentó sus manos entumecidas y frías. Luego se sentó en el banco y puso a Mary en una rodilla y a Laura en la otra y, envueltas en el chal, las abrazó contra él. Sus pies desnudos se calentaban al fuego.

—¡Ah! —dijo papá—. Creí que nunca llegaría hasta aquí.

Mamá hurgó entre las mercancías que había traído y con una cuchara llenó una taza de azúcar moreno. Papá había traído azúcar de Independence.

—Tu café estará listo en un minuto —le anunció.

—A la ida llovió desde aquí hasta Independence —dijo papá—. Y al volver, el barro se heló entre los radios, de tal modo que la ruedas apenas podían girar. Tuve que bajar y quitarlo para que los caballos lograsen tirar de la carreta. Apenas reanudé la marcha, tuve que bajarme y empezar de nuevo. Era todo lo que podía hacer para que *Pet* y *Patty* siguieran avanzando contra el viento. Están tan cansadas que difícilmente pueden tenerse en pie. Jamás vi un viento semejante, corta como un cuchillo.

El viento comenzó a soplar cuando se hallaban en la ciudad. La gente de allí le dijo que sería mejor que esperase hasta que se calmara, pero él quería llegar a casa.

—No puedo entender —declaró— por qué llaman viento del sur a uno del norte y cómo es posible que un viento meridional pueda ser tan condenadamente frío. Jamás vi nada igual. En esta región un viento del sur es la cosa más gélida que haya conocido.

Tomó su café y se limpió el bigote con el pañuelo al tiempo que decía:

—¡Ah, qué bien se está aquí, Caroline! Ya empiezo a descongelarme.

Entonces sus ojos chispearon al mirar a mamá y le dijo que abriese el paquete cuadrado que había sobre la mesa.

—Con cuidado —la previno—. Que no se te caiga.

Mamá, que había empezado a desenvolverlo, interrumpió su gesto y dijo:

—¡Oh, Charles! ¡No me digas que lo has hecho!

—Ábrelo —repuso papá.

En aquel paquete había ocho pequeños vidrios cuadrados para las ventanas. Las ventanas de la casa tendrían cristales.

No se había roto ninguno. Papá los había llevado intactos hasta la casa. Mamá meneó la cabeza y comentó que no debería haber gastado tanto, pero su cara mostraba una ancha sonrisa y papá reía jubiloso. Todos estaban contentos. Durante el largo invierno podrían mirar por las ventanas cuanto quisieran y por allí entraría la luz del sol.

Papá dijo que creía que a mamá, a Mary y a Laura les gustarían los cristales de las ventanas más que cualquier otro regalo, y acertó. Así fue. Pero los cristales no eran lo único que les había traído. Había un saquito de papel lleno de azúcar blanco. Mamá lo abrió y Mary y Laura contemplaron la resplandeciente blancura de aquel azúcar tan bonito y con una cuchara cada una lo probaron. Luego mamá cerró el saquito cuidadosamente. Tendrían azúcar blanco cuando recibiesen una visita.

Lo mejor de todo era que papá hubiese vuelto sano y salvo.

Laura y Mary se volvieron a dormir, muy contentas. Todo estaba bien cuando papá se hallaba allí. Y ahora tenían clavos, harina de maíz, cerdo en salazón, sal y todo. No tendría que volver en mucho tiempo a la ciudad.

18

EL INDIO ALTO

En aquellos tres días el viento aulló y gimió sobre la pradera hasta calmarse. Ahora el sol calentaba y el viento era suave, pero en el aire existía una sensación de otoño.

Los indios pasaban por el sendero que se hallaba tan cerca de la casa. Cruzaban como si no estuviese allí.

Eran delgados, cobrizos e iban desnudos. Montaban sus caballos sin silla ni bridas. Cabalgaban rígidos, a pelo sobre sus monturas, sin mirar hacia la derecha o hacia la izquierda. Pero sus negros ojos centelleaban.

Apoyadas contra la casa, Laura y Mary los observaban. Y veían cómo destacaba su piel cobriza contra el cielo azul y sus moños atados con cintas de colores sobre los que vibraban unas plumas enhiestas. Los rostros de los indios eran como la madera rojiza y parda que había tallado papá con objeto de hacer una repisa para mamá.

—Creí que los indios no usaban ya este sendero

—dijo papá—. No habría construido la casa tan cerca de haber sabido que era transitado.

Jack ladraba a los indios y mamá no lo mandaba callar.

—Los indios se están tornando tan numerosos por aquí que no puedo levantar la vista sin ver a uno —dijo mamá.

Mientras hablaba, alzó los ojos y allí había un indio. Estaba en el umbral mirándolos, sin que ellos hubieran percibido sonido alguno.

—¡Dios mío! —dijo mamá con voz entrecortada.

Silenciosamente, *Jack* saltó hacia el indio. Papá lo cogió a tiempo por el collar. El indio no se había movido; se quedó tan quieto como si *Jack* no hubiese existido.

—¡Hau! —dijo a papá.

Papá tiró de *Jack* y replicó:

—¡Hau!

Llevó a *Jack* hasta la cabecera de la cama y lo ató allí. Mientras tanto, el indio entró y se puso en cuclillas junto al fuego.

Entonces papá se agachó junto al indio y permanecieron allí sentados, en actitud amistosa pero sin pronunciar una palabra, mientras mamá acababa de preparar la cena.

Laura y Mary se juntaron más, sentadas en su camita de la esquina. No podían apartar los ojos del indio. Estaba tan quieto que las bellas plumas de águila de su cabeza no se movían. Sólo su pecho desnudo y la piel de sus costillas se movían un poco al respirar. Vestía calzones de cuero con flecos y sus mocasines estaban cubiertos de cuentas.

155

Mamá dio a papá y al indio la cena en dos platos de estaño y comieron en silencio. Luego papá entregó al indio algo de tabaco para su pipa. Cada uno llenó la suya y la encendió con brasas del hogar y fumaron en silencio hasta que las pipas se apagaron.

Durante todo ese tiempo nadie dijo nada. Pero entonces el indio dijo algo a papá. Papá meneó su cabeza y declaró:

—No hablar.

Todos permanecieron en silencio un poco más de tiempo. Después el indio se levantó y se marchó sin emitir sonido alguno.

—¡Dios mío! —dijo mamá.

Laura y Mary corrieron a la ventana. Vieron al indio que se alejaba muy tieso sobre su caballo. Llevaba un fusil sobre las rodillas, cuyos extremos asomaban por cada lado.

Papá dijo que aquél no era un indio corriente. Por el peinado supuso que se trataba de un osage.

—A no ser que me equivoque —aseguró papá—, ha hablado en francés. Me hubiera gustado entender algo de esa lengua.

—Que los indios se arreglen con los indios —dijo mamá— y nosotros haremos lo mismo. No me gusta ver indios por aquí.

Papá le dijo que no debería preocuparse.

—Ese indio se ha mostrado totalmente amistoso —declaró—. Y sus campamentos allá abajo entre los riscos son bastante pacíficos. Si los tratamos bien y vigilamos a *Jack*, no tendremos problema alguno.

Pero a la mañana siguiente, cuando papá abrió la

puerta para ir a la cuadra, Laura vio a *Jack* en el sendero indio. Estaba muy quieto, su pelo estaba totalmente erizado y mostraba los dientes. Ante él se hallaba el indio alto montado en su caballo.

El indio y su caballo permanecían inmóviles como si fueran de piedra. *Jack* estaba diciéndoles muy claramente que saltaría sobre ellos si se movían. Sólo se movían y vibraban bajo el viento las plumas de águila del tocado del indio.

Cuando el indio vio a papá alzó su fusil y apuntó a *Jack*.

Laura corrió hacia la puerta, pero papá fue más rápido. Se puso entre *Jack* y aquel fusil y agarró a *Jack* por el collar. Arrastró al perro fuera del sendero indio y el indio siguió su camino.

Papá se quedó con los pies muy separados, contemplando al indio que se alejaba por la pradera.

—¡Si llego a descuidarme! —dijo papá—. Bien, este sendero es suyo. Era ya un sendero indio mucho antes de que nosotros llegáramos.

Sujetó una anilla de hierro a un tronco de un muro de la casa y ató allí a *Jack*. Después de aquello, *Jack* estuvo siempre encadenado. Estaba atado a la casa de día y por la noche a la puerta de la cuadra porque ya había cuatreros en la comarca. Habían robado los caballos al señor Edwards.

Jack se mostraba cada vez más malhumorado por estar sujeto. Pero no podía evitarse. Él no reconocería que aquél era un sendero indio; creía que pertenecía a papá. Y Laura sabía que sucedería algo terrible si *Jack* atacaba a un indio.

El invierno se aproximaba. Las hierbas habían cobrado un triste color bajo un cielo también triste. Los vientos gemían como si estuviesen buscando algo que no podían encontrar. Los animales salvajes lucían ahora su espeso pelaje invernal y papá dispuso sus trampas en la hondonada del riachuelo. Las revisaba cada día y cada día iba a cazar. Ahora que helaba por las noches, mataba ciervos por su carne. Mató lobos y zorros por sus pieles y en sus trampas cayeron castores, ratas almizcleras y visones.

Extendió las pieles fuera de la casa y las clavó cuidadosamente para que se secaran. Por las noches trabajaba las pieles secas con sus manos para que cobraran flexibilidad. Luego las añadía al montón que había en una esquina.

A Laura le gustaba pasar la mano por el espeso pelaje de los zorros rojos. Le gustaba la piel parda y suave del castor y el pelaje hirsuto del lobo. Pero el que más le agradaba era el sedoso visón. Papá guardaba todas esas pieles para comerciar la primavera siguiente en Independence. Laura y Mary tenían gorros de piel de conejo y el de papá era de una rata almizclera.

Un día, mientras papá cazaba, llegaron dos indios. Entraron en la casa porque *Jack* estaba atado.

Aquellos indios eran sucios, malcarados y mezquinos. Se comportaron como si la casa les perteneciese. Uno de ellos registró la alacena de mamá y se llevó toda la harina de maíz. El otro se apoderó de la bolsa de tabaco de papá. Examinaron las estaquillas en donde papá colocaba su fusil. Luego uno de ellos cogió las pieles.

Mamá tenía a Carrie en sus brazos y Mary y Laura

estaban pegadas a ella. Vieron cómo el indio se apoderaba de las pieles de papá. No podían hacer nada para detenerlo.

Las llevó hasta la puerta. Entonces el otro indio le dijo algo. Intercambiaron ásperos sonidos y el que llevaba las pieles las dejó caer. Se fueron.

Mamá se sentó. Abrazó a Mary y a Laura, y Laura sintió los latidos del corazón de mamá.

—Bueno —dijo mamá—. Gracias a Dios, no se han llevado el arado y las semillas.

Laura se quedó sorprendida. Preguntó:

—¿Qué arado?

—Ese fardo de pieles es la orquilla del arado y todas nuestras semillas —dijo mamá.

Cuando papá llegó a casa le contaron lo sucedido con los indios. Se puso serio. Pero dijo que bien estaba lo que bien acababa.

Aquella noche, cuando Mary y Laura ya estaban en la cama, papá tocó su violín. Mamá se mecía en la mecedora, sosteniendo contra su pecho a Carrie, y empezó a cantar quedamente con el acompañamiento del violín:

> Con fuerza remaba una muchacha india,
> la bella Alfarata,
> por donde corren las aguas
> del azul Juniata.
> Fuertes y certeras son las flechas
> de mi pintada aljaba,
> rápida boga mi ligera canoa
> aguas abajo del río veloz.

Audaz es mi buen guerrero,
el amor de Alfarata
orgulloso luce sus brillantes plumas
a lo largo del Juniata.
Me hablaba suave y cariñoso
pero su grito de guerra resuena
tonante de cima en cima.

Así cantaba la muchacha india,
la bella Alfarata,
en donde corren las aguas
del azul Juniata.

Han pasado los años fugaces
pero la voz de Alfarata
aún fluye sobre las aguas
del azul Juniata.

La voz de mamá y la música del violín se extinguieron dulcemente. Y Laura preguntó:

—¿Adónde fue, mamá, la voz de Alfarata?

—¡Dios mío! —dijo mamá—. Pero ¿aún estás despierta?

—Voy a dormirme —respondió Laura—. Pero, por favor, dime adónde fue la voz de Alfarata.

—Supongo que iría hacia el oeste —repuso mamá—. Eso es lo que hacen los indios.

—¿Por qué, mamá? —preguntó Laura—. ¿Por qué van al oeste?

—Tienen que hacerlo —respondió mamá.

—¿Por qué tienen que hacerlo?

—El gobierno los obliga —declaró papá—. Y ahora duérmete.

Tocó suavemente el violín durante un rato. Luego Laura inquirió:

—Papá, por favor, ¿puedo hacerte una sola pregunta más?

—Pero... —dijo mamá.

Laura comenzó de nuevo:

—Papá, por favor...

—¿Qué es eso? —preguntó papá.

Desde luego las niñas pequeñas no debían interrumpir, pero papá podía hacerlo.

—¿Obligará el gobierno a estos indios a ir al oeste?

—Sí —declaró papá—. Cuando los colonos blancos llegan a una región, los indios tienen que marcharse. A partir de ahora, y en cualquier momento, el gobierno obligará a estos indios a ir más al oeste. Por eso estamos aquí, Laura. Los blancos van a colonizar toda esta región y nosotros conseguiremos la mejor tierra porque llegamos los primeros y pudimos elegir. ¿Lo entiendes?

—Sí, papá —dijo Laura—. Pero creí que éste era territorio indio. ¿No se enfurecerán los indios si tienen que...?

—No más preguntas, Laura —declaró papá con firmeza—. Duérmete.

19

EL SEÑOR EDWARDS SE ENCUENTRA CON PAPÁ NOEL

Los días eran cortos y fríos, el viento silbaba cruelmente, pero no había nieve. Llovía un día tras otro y la gélida lluvia repiqueteaba en el tejado y resbalaba por los aleros.

Mary y Laura permanecían muy cerca del fuego, cosiendo su centón de nueve retales o recortando muñecas de papel de lo que sobraba de los envoltorios mientras oían el húmedo sonido de la lluvia. Todas las noches eran tan frías que esperaban ver la nieve al día siguiente, pero al llegar la mañana sólo veían la hierba húmeda y triste.

Apretaban sus narices contra los vidrios que papá había montado en las ventanas y las alegraba poder ver el paisaje. Pero ahora deseaban ver la nieve.

Laura estaba ansiosa porque se acercaba la Navidad y Papá Noel y sus renos no podían viajar sin nieve. Mary temía que, aunque nevase, Papá Noel no podría encontrarlos, hallándose tan lejos dentro del territorio indio. Cuando le preguntaron a mamá acerca de la cuestión, ella repuso que lo ignoraba.

—¿Qué día es hoy? —le preguntaron con manifiesta impaciencia.

—¿Cuántos días quedan hasta Navidad?

Y contaban los días con sus dedos hasta que ya sólo quedó un día.

La lluvia seguía cayendo aquella mañana. No había ni siquiera un desgarrón en el cielo gris. Estaban casi seguras de que no habría Navidad. Aun así, no perdían del todo la esperanza.

Justo antes del mediodía, cambió la luz. Las nubes se abrieron, se apartaron y resplandecieron muy blancas en un cielo de intenso azul. Brilló el sol, cantaron los pájaros y miles de gotas de agua centellearon en la hierba. Pero cuando mamá abrió la puerta para que entrase el aire fresco, oyeron el rugido del riachuelo.

No habían pensado en el riachuelo. Ahora sabían que no tendrían Navidades porque Papá Noel no podría cruzar ese ronco torrente.

Llegó papá, que traía un pavo gordo. Afirmó que si pesaba menos de diez kilos, se lo comería entero con plumas y todo. Preguntó a Laura:

—¿Qué te parece para la Navidad? ¿Crees que podrás zamparte uno de esos muslos?

Laura dijo que sí, que podría. Pero estaba seria. Luego Mary le preguntó si estaba bajando el caudal del riachuelo y él respondió que seguía subiendo.

Mamá declaró que era una lástima. No les agradaba la idea de que el señor Edwards comiera solo el día de Navidad. Habían invitado al señor Edwards a que comiese con ellos, pero papá meneó la cabeza y dijo que un hombre se jugaría el pellejo si trataba de cruzar entonces el riachuelo.

—No —dijo—. La corriente es demasiado fuerte. Hemos de hacernos a la idea de que Edwards no estará aquí mañana.

Desde luego eso significaba que Papá Noel tampoco podría ir.

Laura y Mary trataron de no pensar en ello. Vieron cómo preparaba mamá el pavo silvestre, que era un pavo muy gordo. Eran unas niñas con suerte, porque tenían una casa donde vivir, un excelente fuego en el que calentarse y semejante pavo para Navidad. Eso les dijo mamá y era verdad. Mamá afirmó que era una lástima que Papá Noel no pudiese llegar ese año pero que, como eran unas niñas tan buenas, no las olvidaría y con toda seguridad iría al año siguiente.

Aun así no se sentían a gusto.

Aquella noche, después de cenar, se lavaron la cara y las manos, se abotonaron los camisones de franela roja, se ataron las cintas de los gorros de dormir y rezaron muy serias sus oraciones. Se echaron en la cama y se arroparon con las mantas. No les parecía de ningún modo que fuera Navidad.

Papá y mamá estaban sentados en silencio junto al fuego. Al cabo de un rato mamá le preguntó a papá por qué no tocaba el violín y él respondió:

—No me siento con ánimos, Caroline.

Al cabo de un rato, mamá se puso de repente en pie.

—Voy a colgar vuestras medias, niñas —dijo—. Tal vez suceda algo.

El corazón de Laura latió con más fuerza. Pero luego se acordó de la crecida del riachuelo y supo que nada podía pasar.

Mamá tomó una de las medias limpias de Mary y otra de Laura y las colgó de la repisa de la chimenea, a cada lado del hogar. Laura y Mary la observaban desde el borde de sus embozos.

—Ahora dormíos —dijo mamá, besándolas para desearles buenas noches—. La mañana llegará antes si estáis dormidas.

Volvió a sentarse junto al fuego y Laura casi se durmió. Se despertó un poco cuando oyó decir a papá:

—Sólo has empeorado las cosas, Caroline.

Y creyó oír a mamá decir:

—No, Charles. Queda el azúcar blanco.

Pero quizá estaba soñando.

Luego oyó a *Jack* gruñir de un modo salvaje. Se batió el cerrojo de la puerta y alguien dijo:

—¡Ingalls! ¡Ingalls!

Papá atizaba el fuego y cuando abrió la puerta Laura vio que ya era de día.

Había amanecido un día gris.

—Pero ¿qué es lo que veo? ¡Edwards! ¡Entre, hombre! ¡Qué ha pasado? —exclamó papá.

Laura vio que las medias colgaban vacías y apretó sus ojos cerrados contra la almohada. Oyó a papá echar leña al fuego y al señor Edwards decir que había llevado toda su ropa en la cabeza cuando cruzó a nado la corriente. Le castañeteaban los dientes y su voz temblaba. Afirmó que se sentiría bien en cuanto entrase en calor.

—Ha sido un riesgo demasiado grande, Edwards —dijo papá—. Nos alegramos mucho de tenerlo aquí, pero se aventuró demasiado por una comida de Navidad.

—Sus pequeñas tenían que tener una Navidad —replicó el señor Edwards—. Ningún río iba a detenerme tras conseguir sus regalos en Independence.

Laura se sentó de golpe en la cama.

—¿Vio usted a Papá Noel? —gritó.

—Pues claro —replicó el señor Edwards.

—¿Dónde? ¿Cuándo? ¿Qué aspecto tenía? ¿Qué dijo? ¿Le entregó de verdad algo para nosotras? —gritaron a la vez Mary y Laura.

—¡Un minuto, aguardad un minuto! —respondió riendo el señor Edwards.

Y mamá declaró que pondría los regalos en las medias, tal como había pensado hacer Papá Noel. Les advirtió que no debían mirar.

El señor Edwards se acercó y se sentó en el suelo junto a su cama. Respondió a todas las preguntas que le hicieron. Honestamente, trataron de no mirar a mamá y no vieron del todo lo que estaba haciendo.

El señor Edwards explicó que, cuando advirtió cómo estaba creciendo el riachuelo, comprendió que Papá Noel no podría cruzarlo.

—Pero usted lo cruzó —dijo Laura.

—Sí —replicó el señor Edwards—, pero Papá Noel está demasiado viejo y gordo. No podría lograrlo mientras que alguien tan flaco como yo lo conseguiría.

Y el señor Edwards razonó que si Papá Noel no podía cruzar la corriente, lo más probable sería que no fuese más al sur de Independence. ¿Para qué iba a recorrer cuarenta kilómetros por la pradera y luego regresar? ¡Desde luego no haría tal cosa!

Así que se fue andando hasta Independence.

—¿Bajo la lluvia? —preguntó Mary.

El señor Edwards explicó que llevaba su impermeable. Y que allí, bajando por una calle de Independence, se había encontrado con Papá Noel.

—¿De día? —preguntó Laura.

No se le había ocurrido que alguien pudiese ver a Papá Noel de día.

—No —aclaró el señor Edwards—, era de noche, pero la luz de los bares iluminaba la calle.

Les explicó que lo primero que dijo Papá Noel fue: «¡Hola, Edwards!».

—¡Le conoció! —se asombró Mary.

—¿Cómo supo usted que era realmente Papá Noel? —preguntó Laura.

El señor Edwards declaró que Papá Noel conocía a todo el mundo y que él reconoció a Papá Noel por su barba. Papá Noel tenía la barba más larga, más poblada y más blanca que existía al oeste del Mississippi.

—Así que Papá Noel me dijo: «¡Hola, Edwards! La última vez que te vi estabas durmiendo en una cama de una choza de Tennessee».

Y el señor Edwards recordaba el par de mitones de lana roja que Papá Noel le dejó aquella vez.

—Entonces Papá Noel me dijo: «Sé que ahora estás viviendo junto al río Verdigris. ¿Has conocido por allá a dos niñas pequeñas llamadas Mary y Laura?».

»"Pues claro que las conozco", le respondí.

167

»"No hago más que pensar en ellas —me dijo Papá Noel—. Son dos niñas buenas y muy guapas y sé que están esperándome. Me duele mucho desilusionarlas, siendo como son. Pero con la crecida, no puedo cruzar el río. No soy capaz de hallar un medio de llegar hasta su casa este año, Edwards. ¿Me harás el favor de llevarles esta vez los regalos?"

»"Lo haré y con mucho placer", le dije. Y entonces Papá Noel y yo cruzamos la calle para ir a donde tenía atada su mula.

—¿Y los renos? —preguntó Laura.

—Sabes que no podría traerlos —aclaró Mary—. No hay nieve.

—Exactamente —aclaró el señor Edwards—. Por el sudoeste Papá Noel viaja con una mula. Y fue de uno de los fardos de esa mula de donde Papá Noel sacó los regalos para Mary y para Laura.

—¡Oh! ¿Qué son? —gritó Laura.

Pero Mary preguntó:

—¿Qué hizo él entonces?

—Pues estrechó mi mano —respondió el señor Edwards— y montó en un espléndido caballo bayo. Papá Noel cabalga muy bien para un hombre de su peso y de su constitución. Se metió su blanca y larga barba bajo su colorido pañuelo y dijo: «Hasta la vista, Edwards». Se fue por el sendero de Fort Dodge, seguido de su mula y silbando.

Laura y Mary callaban, pensando en aquello.

Entonces mamá dijo:

—Ya podéis mirar, niñas.

Algo relucía en lo alto de la media de Laura. Saltó de

la cama chillando. Otro tanto hizo Mary, pero Laura llegó antes que ella a la chimenea. Y lo que brillaba era una nueva y resplandeciente tacita de estaño.

Mary tenía una exactamente igual.

Esas nuevas tacitas eran suyas. Ahora cada una tenía una tacita donde poder beber. Laura saltaba, gritaba y reía, pero Mary, muy callada, contemplaba con ojos brillantes su propia tacita de estaño.

Entonces metieron de nuevo las manos en las medias. Y sacaron dos larguísimas barras de caramelo. Era caramelo de menta, a rayas rojas y blancas. Miraron y remiraron las maravillosas barras y Laura chupó su barra, sólo una vez. Pero Mary no era tan ansiosa. Ni siquiera la chupó una vez.

Mas aún no se habían vaciado las medias. Mary y Laura sacaron dos paquetitos. Los desenvolvieron y cada una encontró un pastelito en forma de corazón. Sobre su sabrosa superficie parda había azúcar blanco espolvoreado. Los relucientes granos parecían copos de nieve.

Los pasteles eran demasiado bonitos para comérselos. Mary y Laura se contentaron con verlos. Pero al final Laura dio la vuelta al suyo y dio un mordisquito por abajo, donde no se veía. ¡Y por dentro aquel pastel era blanco!

Estaba hecho de harina candeal y endulzado con azúcar blanco.

A Laura y a Mary no se les hubiera ocurrido mirar de nuevo en las medias. Las tazas, los pasteles y las barras de caramelo casi eran demasiado. Se sentían tremendamente felices para decir nada. Pero mamá les preguntó

169

si estaban seguras de que las medias habían quedado vacías.

Entonces metieron sus manos para cerciorarse.

¡Y en el mismo fondo de cada media había un centavo nuevo y reluciente!

Jamás habían pensado en una cosa semejante como tener un centavo. ¡Un centavo para cada una de ellas! ¡Además de la taza, del pastel y de la barra de caramelo, aquel centavo!

Nunca habían existido Navidades como aquéllas.

Desde luego Laura y Mary tendrían que haber dado inmediatamente las gracias al señor Edwards por haber traído de Independence aquellos maravillosos regalos. Pero se habían olvidado del señor Edwards. Se olvidaron incluso de Papá Noel. Lo habrían recordado un minuto más tarde, pero antes de que eso pasara, mamá les dijo:

—¿No vais a dar las gracias al señor Edwards?

—¡Oh, gracias, señor Edwards! ¡Gracias! —dijeron, sintiéndolo con toda la fuerza de sus corazones.

Además papá estrechó y volvió a estrechar la mano del señor Edwards. Papá, mamá y el señor Edwards se comportaron casi como si estuviesen llorando. Laura no sabía por qué. Así que contempló de nuevo sus maravillosos regalos.

Alzó otra vez los ojos cuando mamá pareció quedarse sin aliento. El señor Edwards estaba sacando patatas de sus bolsillos. Dijo que contribuyeron a equilibrar el paquete que llevaba en la cabeza cuando cruzó a nado la corriente. Pensó que a papá y a mamá les gustarían con el pavo de Navidad.

Había nueve patatas. El señor Edwards las había traído también de la ciudad. Era demasiado. Y así lo dijo papá.

—Es demasiado, Edwards.

Jamás se lo agradecerían bastante.

Mary y Laura estaban demasiado excitadas para poder desayunar. Bebieron la leche en sus relucientes tazas, pero no pudieron tragar el guisado de conejo y las gachas de maíz.

—No las obligues, Charles —dijo mamá—. Pronto será hora de comer.

Para la comida de Navidad les esperaba el tierno y jugoso pavo asado. Y las patatas, cocidas en las brasas y luego lavadas cuidadosamente para que también pudiera comerse la piel. Y había también una hogaza de pan de levadura hecho con la última harina de trigo que quedaba.

Y después de esto había una cazuela de bayas secas y pastelitos. Pero éstos estaban hechos con azúcar moreno y no tenían azúcar blanco espolvoreado por encima.

Luego papá, mamá y el señor Edwards se sentaron junto al fuego y hablaron de otras Navidades allá en Tennessee y al norte, en Wisconsin. Pero Mary y Laura contemplaron sus maravillosos pasteles, jugaron con sus centavos y bebieron agua en sus nuevas tazas. Y poco a poco chuparon y lamieron sus barras de caramelo hasta que cada una quedó aguzada por un extremo.

Aquélla fue una Navidad feliz.

20

UN GRITO EN LA NOCHE

Los días eran cortos y grises, y las noches, muy oscuras y frías. Las nubes se cernían muy bajas sobre la casita y se extendían hasta muy lejos sobre la helada pradera. Caía la lluvia y a veces el viento traía copos de nieve. La nieve rebullía en el aire y se deslizaba sobre las secas hierbas inclinadas. Y al día siguiente la nieve desaparecía.

Papá iba cada día a cazar y a tender trampas. Al abrigo de la casa, Mary y Laura ayudaban a mamá en su trabajo. Luego cosían retales en el centón. Después jugaban con Carrie. Con un hilo y los dedos formaban las distintas figuras del juego La cama del gato. Y también jugaban a las Gachas de alubias. Una frente a otra palmoteaban y luego entrechocaban sus manos para marcar el ritmo mientras cantaban:

Gachas calientes de judías,
gachas frías de judías,

en la cazuela las tenías
desde hace nueve días.

A algunos les gustan tibias,
a algunos les gustan frías,
en la cazuela las tenías
desde hace nueve días.

Me gustan tibias,
me gustan frías,
en la cazuela las tenías
desde hace nueve días.

Era verdad. Nada sabía tan bien como unas espesas gachas de alubias, sazonadas con un poco de cerdo salado, como aquellas con las que mamá llenaba los platos de estaño cuando papá volvía a casa, aterido y cansado de la caza. A Laura le gustaban calientes, pero también le gustaban frías y siempre le parecían buenas mientras quedase algo en el plato. Pero en realidad nunca duraban nueve días. Se las comían antes.

El viento soplaba, chillaba, aullaba, gemía y sollozaba tristemente sin parar. Estaban acostumbrados a oír el viento durante todo el día y toda la noche, mientras, sumidas en un profundo sueño, sabían que seguía soplando. Pero una noche oyeron un alarido tan terrible que todos se despertaron.

Papá saltó de la cama y mamá dijo:

—¡Charles! ¿Qué ha sido eso?

—Ha sido el grito de una mujer —repuso papá.

Se vestía tan aprisa como podía.

—Me parece que ha sonado del lado de los Scott.

—¿Qué habrá pasado, Dios mío? —exclamó mamá.

Papá estaba poniéndose las botas. Metió primero el pie y luego pasó sus dedos por las trabillas de la larga caña. Después tiró con fuerza, pisó firme y quedó calzado.

—Tal vez Scott esté enfermo —dijo, tirando de la otra bota.

—¿No crees...? —preguntó mamá en voz baja.

—No —repuso papá—. Y te he dicho muchas veces que no nos crearán problemas. Se muestran perfectamente pacíficos en esos campamentos que hay entre los riscos.

Laura empezó a deslizarse de la cama, pero mamá le dijo:

—Échate, Laura, y quédate quieta.

Así que se tendió.

Papá se puso su chaquetón de vivos cuadros, su gorro de piel y su bufanda. Encendió la linterna, tomó su fusil y salió a toda prisa.

Antes de cerrar la puerta tras él, Laura vio la noche de afuera. Era profundamente negra. No brillaba ninguna estrella. Laura jamás había visto una oscuridad tan completa.

—Mamá —dijo.

—¿Qué, Laura?

—¿Por qué está tan oscuro?

—Va a haber tormenta —repuso mamá.

Corrió el cerrojo y echó un leño al fuego. Luego volvió a la cama.

—Dormíos, Mary y Laura —les ordenó.

Pero mamá no se durmió ni tampoco lo hicieron Mary y Laura. Se quedaron echadas con los ojos muy abiertos, escuchando. No podían oír más que el viento.

Mary se echó la colcha sobre la cabeza y murmuró a Laura:

—Me gustaría que papá volviese.

Laura asintió con la cabeza sobre la almohada, pero no pudo decir nada. Le pareció ver a papá, avanzando a grandes zancadas por el borde de los riscos, en el sendero que conducía hasta la casa del señor Scott. Aquí y allá, en los agujeros abiertos en la linterna de latón brotaban lucecitas oscilantes.

Al cabo de largo rato, Laura murmuró:

—Debe de ser casi por la mañana.

Y Mary asintió.

Durante todo ese tiempo habían permanecido echadas, escuchando el viento, y papá no había vuelto todavía.

Luego, por encima del chillido del viento, oyeron de nuevo aquel terrible grito. Les pareció que había sonado muy cerca de la casa.

También chilló Laura, que saltó fuera de la cama. Mary se metió bajo las mantas. Mamá se levantó y empezó a vestirse a toda prisa. Echó al fuego otro leño y dijo a Laura que volviese a la cama. Pero Laura le suplicó tanto que mamá accedió a que permaneciese de pie.

—Envuélvete con el chal —dijo mamá.

Se quedaron de pie junto al fuego, escuchando. No podían oír nada más que el viento. Ni tampoco podían hacer otra cosa. Pero al menos no estaban echadas en la cama.

De repente unos puños golpearon en la puerta y papá gritó:

—¡Déjame entrar! ¡Aprisa, Caroline!

Mamá abrió la puerta y papá la cerró de golpe tras él. Llegaba sin aliento. Se echó hacia atrás el gorro y dijo:

—¡Uf! ¡Vaya susto!

—¿Qué era, Charles? —preguntó mamá.

—Un puma —repuso papá.

Había corrido tanto como pudo hacia la casa del señor Scott. Cuando llegó hasta allí, la casa estaba a oscuras y no se oía nada. Papá dio la vuelta a la casa, escuchando y atisbando con la linterna. No observó ningún indicio de que algo fuese mal. Así que se sintió como un estúpido, pensando que se había levantado y vestido en mitad de la noche para recorrer tres kilómetros sólo por haber oído aullar al viento.

No quería que el señor y la señora Scott lo supiesen, de modo que no los despertó. Volvió a casa tan aprisa como le fue posible porque el viento era muy frío. Y corría por el sendero, al borde de la ladera, cuando de repente volvió a oír aquel grito a sus pies.

—Te aseguro que se me erizó tanto el pelo que me levantó el gorro —dijo a Laura—. Me lancé a la carrera hacia la casa como un conejo asustado.

—¿Dónde estaba el puma? —le preguntó.

—En la copa de un árbol —dijo papá—. En la copa de ese gran chopo de Virginia que crece junto al talud.

—Y ¿fue tras de ti? —inquirió Laura.

—No lo sé, Laura —replicó papá.

—Bien, ahora estás a salvo, Charles —declaró mamá.

—Sí, y no sabes lo satisfecho que me siento. Esta

noche es demasiado oscura para tener que habérselas con un puma. Oye, Laura, ¿dónde está mi sacabotas?

Laura se lo trajo. El sacabotas era una tabla de roble con una muesca en un extremo y un soporte en el centro. Laura lo colocó en el suelo con el soporte debajo. Entonces papá puso un pie encima y el otro en la muesca y ésta retuvo la bota. Las botas se agarraban con fuerza pero permitían sacar los pies con facilidad.

Laura lo observó mientras se descalzaba y luego le preguntó:

—¿Puede llevarse un puma a una niña pequeña, papá?

—Sí —repuso éste—, y además la mataría y se la comería. Mary y tú debéis quedaros en casa hasta que yo mate a ese puma. Tan pronto como se haga de día, cogeré el fusil e iré tras él.

Durante todo el día siguiente papá persiguió al puma. Y al otro y al otro. Halló huellas del puma y la piel y los huesos de un antílope que el puma había devorado, pero no encontró en parte alguna a la fiera. El puma se movía rápidamente de un árbol a otro, sin dejar huellas.

Pero no mató al puma y dejó de perseguirlo. Un día se encontró con un indio en el bosque. Se detuvieron bajo los árboles húmedos y fríos, mirándose sin decirse una palabra porque no entendían sus lenguas. Pero el indio señaló las huellas del puma e hizo signos con su fusil para explicarle a papá que él había matado al puma. Señaló a la copa de un árbol y luego al suelo para indicar que había disparado contra el animal cuando estaba en un árbol. Y señaló al cielo y al oeste y al este para darle a entender que lo había matado el día anterior.

Así que renació la calma. El puma estaba muerto.

Laura preguntó si un puma se llevaría también a un pequeño *papoose* y si le mataría y se lo comería y papá le respondió que sí. Probablemente por eso había matado el indio al puma.

21

LOS INDIOS SE REÚNEN

Por fin acabó el invierno. En el sonido del viento se apreciaba ya un tono más suave y el frío intenso desapareció. Un día papá afirmó que había visto una bandada de ánades volando hacia el norte. Ya era tiempo de llevar sus pieles a Independence.

—¡Los indios están tan cerca! —dijo mamá.

—Son realmente pacíficos —aseguró papá.

Cuando iba a cazar encontraba a menudo indios en los bosques. No había nada que temer de ellos, confirmó papá.

—No —dijo mamá.

Pero Laura sabía que mamá tenía miedo de los indios.

—Debes ir, Charles. Necesitamos un arado y semillas. Y tú volverás pronto.

A la mañana siguiente, antes de que amaneciese, papá enganchó a *Pet* y a *Patty* a la carreta, cargó sus pieles y partió.

Laura y Mary contaron los días largos y vacíos. Uno, dos, tres, cuatro y papá aún no había regresado. En la mañana del quinto día comenzaron a desear ansiosamente su aparición.

Era un día soleado. Todavía el viento resultaba un tanto frío, pero olía a primavera. El cielo azul resonaba con los graznidos de los ánades y de los patos silvestres. Las largas líneas de puntos volaban hacia el norte.

Laura y Mary jugaban afuera al aire fresco. Y el pobre *Jack* las observaba y suspiraba. Ya no podía correr ni jugar porque estaba encadenado. Laura y Mary trataron de consolarlo, pero él no deseaba caricias. Lo que quería era verse libre de nuevo, como solía estar antes.

Papá no llegó aquella mañana; ni tampoco llegó aquella tarde. Mamá dijo que debía de haberle llevado mucho tiempo negociar con sus pieles.

Aquella tarde Laura y Mary estaban jugando a la coxcojilla. Marcaron las rayas con un palo en el húmedo suelo. En realidad Mary no deseaba jugar a eso; tenía casi ocho años y creía que la coxcojilla no era realmente un juego para una chica de su edad. Pero Laura la importunó, la apremió y le dijo que si estaban afuera seguramente podrían ver a papá en cuanto asomara de la hondonada del riachuelo. Así que Mary saltó.

De repente se detuvo sobre un solo pie y dijo:

—¿Qué es eso?

Laura había percibido ya el extraño sonido y estaba escuchando.

—Son los indios —afirmó.

Mary dejó caer el pie y se quedó paralizada. Estaba

asustada. Laura no estaba exactamente asustada. Aquel sonido se le antojó curioso. Era el de muchísimos indios, entrecruzando sus voces. Era como el ruido de una hacha partiendo leña y como el sonido del ladrido de un perro y como una canción. Pero ninguna canción que Laura hubiese oído. Era un alarido fiero y salvaje, aunque no parecía irritado.

Laura trató de escucharlo más claramente. No podía oírlo muy bien porque por medio estaban las colinas, los árboles y el viento, y *Jack*, que gruñía muy enfadado.

Mamá salió afuera y escuchó un instante. Luego dijo a Mary y a Laura que entraran en casa. Mamá metió adentro también a *Jack* y corrió el cerrojo.

Ya no jugaban. Observaron por la ventana y escucharon aquel sonido. Dentro de la casa era difícil oírlo. A veces no conseguían percibirlo y luego volvían a escucharlo. No se había interrumpido.

Mamá y Laura terminaron las faenas domésticas más pronto que de costumbre. Encerraron a *Bunny*, a la vaca y a la ternera en la cuadra y llevaron la leche a la casa. Mamá la coló y después la apartó. Sacó del pozo un cubo de agua mientras Laura y Mary acarreaban leña. Durante todo ese tiempo prosiguió el sonido: ahora era más fuerte y más rápido. Hacía latir con mayor rapidez el corazón de Laura.

Entraron de nuevo todas en la casa y mamá volvió a atrancar la puerta y correr el cerrojo. No saldrían de la casa hasta la mañana siguiente.

El sol se hundía lentamente. Alrededor de la pradera el borde del cielo se tornó rosado. Brillaron las llamas en la casa en penumbra y mamá preparó la cena, pero

Laura y Mary observaban en silencio desde la ventana. Vieron cómo todo perdía poco a poco sus colores. La tierra quedó en sombras y el cielo era de un gris limpio y pálido. El sonido de la hondonada prosiguió cada vez más fuerte y más rápido. Y el corazón de Laura latía más aprisa y más sonoramente.

¡Cómo gritó cuando oyó la carreta! Corrió hacia la puerta y empezó a dar saltos pero sin descorrer el cerrojo. Mamá no la dejó salir. Fue ella quien salió a ayudar a papá a traer los bultos.

Venía con los brazos cargados y Laura y Mary se colgaron de sus mangas y saltaron. Papá rió como siempre, alegremente:

—¡Eh! ¡Eh! ¡Que vais a tirarme! ¿O es que pensáis que soy un árbol al que trepar?

Dejó caer los paquetes sobre la mesa. Dio un enorme abrazo de oso a Laura, la alzó y volvió a abrazarla. Luego abrazó a Mary con el otro brazo.

—Escucha, papá —dijo Laura—. Escucha a los indios. ¿Por qué hacen ese ruido tan extraño?

—Oh, están celebrando una especie de reunión —declaró papá—. Los oí mientras cruzaba la hondonada del riachuelo.

Luego salió a desenganchar las yeguas y traer el resto de los paquetes. Había conseguido el arado. Lo dejó en la cuadra, pero para mayor seguridad trajo las semillas a la casa. Había comprado azúcar, aunque esta vez no era blanco, sino moreno. El azúcar blanco costaba demasiado. Pero había traído un poco de harina de trigo. Había también harina de maíz, sal y café y todas las semillas que necesitaban. Papá trajo incluso patatas.

A Laura le hubiera gustado comérselas, pero tenían que guardarlas para la sementera.

Luego la cara de papá se iluminó cuando abrió una pequeña bolsa de papel. Estaba llena de galletas. La puso sobre la mesa, la abrió y colocó al lado un tarro lleno de pepinillos en vinagre.

—Pensé que todos nos merecíamos una golosina —dijo.

A Laura se le hizo la boca agua y los ojos de mamá miraron dulcemente a papá. Se había acordado de lo mucho que le gustaban los pepinillos.

Eso no era todo. Entregó a mamá un paquete y observó cómo lo desenvolvía. Dentro había un precioso percal bastante grande para hacer un vestido.

—¡Oh, Charles! ¡No deberías haberlo comprado! ¡Es demasiado! —dijo.

Pero su cara y la de papá estaban radiantes de júbilo.

Luego colgó su gorro y su chaquetón de cuadros de sus estaquillas. Sus ojos observaron de soslayo a Laura y a Mary, pero eso fue todo. Se sentó y acercó sus piernas al fuego.

Mary también se sentó y cruzó las manos sobre su regazo. Pero Laura se subió a una rodilla de papá y le golpeó con sus puños.

—¿Dónde está? ¿Dónde está? ¿Dónde está mi regalo? —le dijo, sin dejar de golpearle.

Papá lanzó una gran carcajada que resonó como el tañido de enormes campanas y respondió:

—Me parece que tengo algo en el bolsillo de mi camisa.

Sacó un paquetito de extraña forma y lenta, muy lentamente, lo abrió.

—Tú primero, Mary —dijo—, por tener tanta paciencia.

Y entregó a Mary una diadema.

—¡Y aquí tienes, revoltosa! Ésta es para ti.

Las diademas eran exactamente iguales. Estaban hechas de goma negra y curvada para encajar en la cabeza de una niña. Y por encima había una pieza de goma negra con ranuras curvadas y en el mismo centro, recortada, una estrella de cinco puntas. Por debajo tenía una cinta de un color muy fuerte que se veía a través de las ranuras.

La cinta de la diadema de Mary era azul y la cinta de Laura era roja.

Mamá les alisó el pelo y se las puso. Así Mary pudo lucir una estrellita azul sobre su pelo rubio. Y Laura una estrellita roja sobre su pelo castaño.

Laura contempló la estrella de Mary, y Mary la de Laura, y las dos se echaron a reír muy alegres. Jamás habían tenido nada tan bonito.

—¡Pero, Charles, no has traído nada para ti! —dijo mamá.

—Oh, yo compré mi arado —repuso papá—. Pronto llegará el buen tiempo y empezaré a arar.

Fue la cena más feliz que habían tenido en mucho tiempo. Papá se hallaba de nuevo en casa, sano y salvo. Después de tantos meses de comer pato y ánade, pavo y venado, les sentó muy bien el cerdo frito. Y nada les había gustado nunca tanto como las galletas y los pepinillos en vinagre.

Papá les habló de todas las semillas. Podría plantar nabos y zanahorias, cebollas y coles. Y además había llevado simientes de guisantes y de judías, de maíz, de trigo, de tabaco y las patatas de siembra. Y semillas de sandía.

—¡Te lo aseguro, Caroline, en cuanto empecemos a recoger cosechas de esta tierra nuestra tan rica, viviremos como reyes! —le dijo a mamá.

Casi se habían olvidado del ruido del campamento indio. Los postigos de las ventanas estaban cerrados y el viento gemía en la chimenea y chillaba en torno a la casa. Estaban tan acostumbrados al viento que ya no lo oían. Pero cuando calló un instante, Laura percibió de nuevo aquel sonido salvaje, estridente y rápido que llegaba del campamento indio.

Entonces papá dijo algo a mamá, que obligó a Laura a quedarse muy quieta y a escuchar atentamente. Afirmó que en Independence había gente que aseguraba que el gobierno iba a expulsar a los colonos blancos del territorio indio. Le contó que los indios habían estado quejándose y que habían obtenido respuesta de Washington.

—¡Oh, Charles, no! —dijo mamá—. Después de todo lo que hemos hecho.

Papá afirmó que no lo creía. Y dijo:

—Siempre han defendido que los colonos debían conservar las tierras. Obligarán a los indios a ponerse en marcha de nuevo. ¿No recibí yo noticias directas de Washington de que esta comarca estaba a punto de ser abierta a la colonización?

—Me gustaría que zanjasen la cuestión y que no volviesen a hablar de eso —afirmó mamá.

Después de acostarse, Laura se quedó mucho tiempo despierta en la cama y otro tanto le pasó a Mary. Papá y mamá se sentaron a la luz del fuego y de una vela. Papá había traído un periódico de Kansas y se lo leía a mamá. Demostraba que tenía razón, que el gobierno no haría nada contra los colonos blancos.

Siempre que se extinguía el soplido del viento, Laura podía percibir tenuemente el sonido de aquella ruidosa reunión en los campamentos indios. A veces incluso creía escuchar por encima de los aullidos del viento los fieros alaridos de júbilo. Hacían latir su corazón más aprisa, más aprisa, más aprisa:

—¡Ji! ¡Ji! ¡Ji! ¡Ji! ¡Ja! ¡Ji! ¡Ja!

22

FUEGO EN LA PRADERA

Había llegado la primavera. El aire tibio olía a gloria y toda la región ofrecía un espléndido aspecto. Arriba, en el inmenso cielo, flotaban altas nubes muy blancas. Sus sombras corrían sobre la pradera. Eran sombras tenues y pardas, y el resto de la pradera mostraba los colores pálidos y apagados de las hierbas secas.

Papá estaba roturando la tierra con *Pet* y *Patty* enganchadas al arado. La tierra formaba una masa dura y espesa. *Pet* y *Patty* tiraban lentamente con todas sus fuerzas y el afilado arado abría poco a poco un surco largo y continuo en aquella tierra.

Las hierbas secas eran altas y espesas y se hundían en el suelo. Donde papá había arado no parecía un campo labrado. Los largos filamentos de las raíces asomaban entre la tierra revuelta y de allí surgían también las hierbas.

Pero papá, *Pet* y *Patty* siguieron trabajando. Afirmó que ese año sembraría patatas y maíz y que al siguiente se pudrirían las hierbas secas y sus raíces. En dos o tres años tendría campos bien arados. A papá le gustaba aquella tierra porque era fértil y allí no había árboles, ni tocones ni pedruscos.

Ahora cruzaban por el sendero muchos indios a caballo. Los indios estaban en todas partes. En la hondonada del riachuelo resonaba el eco de sus disparos cuando cazaban. Nadie sabía cuántos indios se ocultaban en la pradera, que parecía tan llana pero que no lo era. A menudo Laura veía a un indio donde no había habido nadie unos instantes antes.

Los indios acudían con frecuencia a la casa. Algunos se mostraban pacíficos; otros, hoscos y malhumorados. Todos deseaban comida y tabaco y mamá les daba lo que querían. Tenía miedo de lo que pudiera ocurrir si no se lo entregaba. Cuando un indio señalaba algo y gruñía, mamá le entregaba esa cosa. Pero la mayoría de los víveres estaban ocultos y guardados con llave.

Jack estaba constantemente irritado, incluso con Laura. Nunca lo libraban de la cadena y pasaba largo tiempo tendido allí, detestando a los indios. Para entonces Laura y Mary ya estaban acostumbradas a verlos. Los indios no les causaban sorpresa. Pero siempre se sentían más seguras cerca de papá o de *Jack*.

Un día, mientras ayudaban a mamá a preparar la cena y la pequeña Carrie jugaba en el suelo, de repente el sol desapareció.

—Creo que va a haber tormenta —declaró mamá, mirando por la ventana. Laura miró también. Del sur llegaban enormes y negros nubarrones que habían ocultado el sol.

Pet y *Patty* volvían corriendo del campo. Papá sostenía el pesado arado y llegaba a grandes zancadas tras las yeguas.

—¡Fuego en la pradera! —gritó—. ¡Llena de agua la tina! ¡Y echa sacos al agua! ¡Aprisa!

Mamá corrió al pozo, Laura corrió para arrastrar la tina hasta el pozo. Papá ató a *Pet* a la casa. Trajo a la vaca y a la ternera del pesebre y las encerró en la cuadra. Recogió a *Bunny* y lo ató sólidamente a la esquina norte de la casa.

Mamá sacaba cubos de agua tan aprisa como podía. Laura corrió para recoger los sacos que papá echaba fuera de la cuadra.

Después papá empezó a arar, gritando a *Pet* y a *Patty* para que se apresurasen. Para entonces el cielo estaba ya negro, todo se había oscurecido como si se hubiese puesto el sol. Papá abrió un largo surco por el oeste de la casa, después por el sur y luego por el este. Los conejos cruzaban brincando a su lado como si él no estuviese allí.

Pet y *Patty* volvieron a la carreta y detrás vino papá saltando. Papá las ató a la esquina norte de la casa. La tina estaba llena de agua. Laura ayudó a mamá a meter los sacos para que se empapasen.

—Sólo he podido arar un surco por cada lado; no hay tiempo para más —dijo papá—. Aprisa, Caroline. Ese fuego viene más rápido que un caballo al galope.

Un enorme conejo saltó por encima de la tina mientras papá y mamá la alzaban. Mamá dijo a Laura que se quedase en la casa. Papá y mamá se dirigieron hacia el surco, tambaleándose bajo el peso de la tina.

Laura permaneció muy cerca de la casa. Podía ver

ya las rojas llamas bajo la humareda. Pasaron brincando más conejos. No prestaron atención a *Jack* ni él se ocupó de ellos. Observaba los tonos rojizos bajo el humo que avanzaba y se estremecía y gemía, acercándose cuanto podía a Laura.

El viento se tornó más fuerte y surgieron chillidos por todas partes. Miles de aves huían del incendio, miles de conejos escapaban de allí.

Papá avanzaba a lo largo del surco, prendiendo fuego a la hierba del otro lado. Mamá lo seguía con un saco húmedo, golpeando las llamas cuando amenazaban con cruzar el surco. Toda la pradera rebosaba de conejos. Por el patio se deslizaban las culebras. Las perdices blancas corrían en silencio, con el cuello tendido y las alas desplegadas. Los chillidos de las aves se mezclaban con los gemidos del viento.

Para entonces el pequeño fuego que había prendido papá rodeaba toda la casa. Ayudó a mamá a contenerlo con los sacos empapados. Ardían las hierbas secas del interior del surco. Papá y mamá las golpeaban con los sacos húmedos y, si las llamas traspasaban el surco, las pisoteaban. Iban y venían entre el humo, poniendo coto a ese fuego.

El incendio de la pradera bramaba ahora, cada vez con más fuerza, entre el gemido del viento. Se acercaban rugientes y enormes llamas que se agitaban y retorcían hasta gran altura. De éstas se desprendían otras que el viento arrastraba hasta prender las hierbas muy por delante de la rugiente muralla de fuego. Sobre sus cabezas, de los negros nubarrones de humo llegaba un rojo resplandor.

Mary y Laura, cogidas de la mano, temblaban junto a la casa. La pequeña Carrie estaba dentro. Laura hubiera querido hacer algo, pero en su cabeza sentía rugidos y torbellinos como los del incendio. Su cuerpo se estremecía y le picaban y lagrimeaban los ojos. Los tenía escocidos por el humo, así como la nariz y la garganta.

Jack aullaba y *Bunny*, *Pet* y *Patty* pugnaban por romper las cuerdas que los sujetaban y relinchaban horriblemente. Las llamas anaranjadas y amarillas avanzaban más rápidas que una liebre y su luz inquieta danzaba por todas partes.

El pequeño fuego de papá había quemado una faja de tierra. El pequeño fuego retrocedía lentamente empujado por el viento como si se arrastrara para reunirse con el enorme y rápido incendio. Y de repente el gran fuego se tragó al pequeño.

El viento cobró fuerza entre chasquidos y gemidos. El incendio envolvía toda la casa.

Y luego todo terminó. El fuego prosiguió su camino, alejándose.

Papá y mamá golpeaban con los sacos los rescoldos que habían quedado en el patio. Cuando todos quedaron apagados, mamá entró en la casa para lavarse las manos y la cara. Estaba toda sudorosa y temblaba de pies a cabeza.

Dijo que no había nada que temer.

—El cortafuegos nos ha salvado. Bien está lo que bien acaba.

El aire olía a quemado. Y hasta el mismo borde del cielo, la pradera se extendía socarrada y negra. De allí se alzaban volutas de humo. El viento llevaba cenizas.

Todo parecía diferente y horrible. Pero papá y mamá estaban alegres porque el fuego había desaparecido y no había causado daño alguno.

Papá decía que el fuego no los había alcanzado por poco, pero que un poco es tan bueno como un kilómetro.

—¿Qué habrías hecho si hubiera surgido mientras yo estaba en Independence? —le preguntó a mamá.

—Pues, naturalmente, habríamos ido al riachuelo con las aves y los conejos —repuso mamá.

Todos los animales de la pradera habían sabido lo que tenían que hacer. Corrieron, volaron, saltaron y se arrastraron, tan aprisa como pudieron, hacia el agua que los libraría del fuego. Sólo las pequeñas y listas ardillas terreras se metieron muy hondo en sus madrigueras y fueron las primeras en asomar y contemplar la desnuda y humeante pradera.

Luego las aves vinieron volando del riachuelo. Y, cautelosamente, un conejo llegó dando saltos y observó. Pasó mucho tiempo antes de que volvieran a deslizarse las culebras y regresaran las perdices blancas.

El fuego se extinguió entre los riscos. No llegó a la hondonada del riachuelo ni a los campamentos indios.

Aquella noche acudieron a ver a papá el señor Edwards y el señor Scott. Estaban preocupados porque pensaban que quizá los indios habían provocado el fuego para quemar a los colonos blancos.

Papá no lo creía. Dijo que los indios quemaban siempre la pradera para que la hierba creciera más aprisa y desplazarse más rápidamente. Sus caballos no podían galopar en la espesura de las hierbas altas y secas. Ahora el terreno estaba despejado. Y aquello le agradaba porque resultaría más fácil arar.

Mientras hablaban, pudieron oír el redoble de los tambores indios y los gritos de éstos. Laura estaba sentada tan quieta como un ratón junto a la puerta y escuchaba la conversación y a los indios. Las estrellas, grandes y muy bajas, parpadeaban sobre la quemada pradera y el viento soplaba suavemente entre los cabellos de Laura.

El señor Edwards afirmó que había demasiados indios en esos campamentos, que aquello no le gustaba. El señor Scott dijo que ignoraba por qué se habían reunido tantos de esos «salvajes» y quién sabía si a lo peor tramaban alguna fechoría.

Papá declaró que no lo sabía. Imaginaba que los indios serían tan pacíficos como cualquiera si se les dejaba en paz. Por otra parte, se les había empujado tantas veces hacia el oeste que resultaba natural que odiasen a los blancos. Pero un indio debería tener sentido común suficiente para saber cuándo no era el más fuerte. Papá no creía que aquellos indios causaran dificultades, habiendo soldados en Fort Gibson y en Fort Dodge.

—Y por lo que se refiere a reunirse en esos campamentos, Scott, puedo decirle una cosa —añadió—. Están preparándose para su gran cacería primaveral de bisontes.

Afirmó que en aquellos campamentos había ahora media docena de tribus. Por lo común, estas tribus peleaban entre sí, pero cada primavera hacían las paces y se reunían para la gran cacería.

—Se han jurado paz y ahora hacen planes para la

cacería. Así que no es probable que nos ataquen. Negociarán y celebrarán sus banquetes y un buen día se pondrán en marcha tras las manadas de bisontes. Los bisontes pasarán pronto camino del norte, en busca de pastos verdes. ¡Por san Jorge! A mí también me gustaría ir a cazar así. Debe de ser todo un espectáculo.

—Bueno, quizá tenga usted razón, Ingalls —dijo, lentamente, el señor Scott—. De cualquier modo, me gustaría contar a la señora Scott lo que usted dice. No puede quitarse de la cabeza el recuerdo de las matanzas de Minnesota.

23

EL GRITO DE GUERRA DE LOS INDIOS

A la mañana siguiente papá se fue silbando a arar. Regresó a mediodía, negro de hollín de la pradera quemada, pero estaba contento. Ya no le molestaban las hierbas altas.

Sin embargo, se advertía inquietud entre los indios. Eran cada vez más en la hondonada del riachuelo. Durante el día Mary y Laura veían el humo de sus hogueras y por la noche oían sus gritos salvajes.

Papá regresó temprano del campo. Llevó a cabo con rapidez las faenas cotidianas y encerró en la cuadra a *Pet* y a *Patty*, a *Bunny*, a la vaca y a la ternera. No podían quedarse afuera en el patio para pastar a la fría luz de la luna.

Cuando comenzaron a congregarse sombras en la pradera y el viento se calmó, los ruidos de los campamentos indios se tornaron más fuertes y salvajes. Papá metió en casa a *Jack*. La puerta quedó cerrada y echado el cerrojo. Nadie saldría de casa hasta la mañana siguiente.

La noche envolvió poco a poco la casita y la oscuridad era amedrentadora. Hervía de alaridos indios y del redoble de los tambores. En su sueño Laura siguió oyendo los aullidos y el retumbar de tambores. Oyó cómo arañaba *Jack* con sus patas y su sordo gruñido. A veces papá se sentaba en la cama para escuchar.

Otra noche sacó de una caja que había bajo la cama su balero. Durante largo tiempo permaneció sentado junto a la chimenea, fundiendo plomo y haciendo balas. No se detuvo hasta haber empleado el último pedazo de plomo. Laura y Mary permanecían despiertas y lo observaban. Jamás lo habían visto hacer tantas balas de una vez.

—¿Por qué haces eso, papá? —le preguntó Mary.

—Oh, no tengo otra cosa en que entretenerme —respondió papá.

Y empezó a silbar alegremente. Pero había estado arando todo el día. Se hallaba demasiado cansado para tocar el violín. Podía haberse ido a la cama en lugar de permanecer sentado hasta tan tarde haciendo balas.

Y no fueron más indios a la casa. Durante días enteros Mary y Laura no vieron a un solo indio. A Mary no le gustaba salir de la casa. Laura tenía que jugar sola afuera y sentía una extraña sensación respecto de la pradera. No le parecía segura. Se le antojaba que ocultaba algo. En ocasiones, Laura tenía la impresión de que alguien la vigilaba, de que alguien se arrastraba tras ella. Se volvía rápidamente y allí no había nada.

El señor Scott y el señor Edwards llegaron con sus fusiles y hablaron en el campo con papá. Charlaron un rato largo y luego se marcharon juntos. Laura se sintió decepcionada porque el señor Edwards no fue a la casa.

A la hora de comer, papá contó a mamá que algunos de los colonos hablaban de construir una empalizada. Laura no sabía qué era una empalizada. Papá había dicho al señor Scott y al señor Edwards que ésa era una idea estúpida.

—Si precisamos una, la necesitaríamos antes de que pudiéramos construirla. Y lo último que debemos hacer es comportarnos como si tuviéramos miedo —le explicó a mamá.

Mary y Laura se miraron. Sabían que de nada serviría formular preguntas en ese momento.

Aquella tarde Laura preguntó a mamá qué era una empalizada. Mamá declaró que se trataba de algo para que las niñas pequeñas hiciesen preguntas. Eso significaba que las personas mayores no les dirían lo que era. Mary miró a Laura y le dijo:

—Ya te lo advertí.

Laura no sabía por qué papá había dicho que no debían comportarse como si tuvieran miedo. Papá jamás tenía miedo. Laura no quería comportarse como si tuviese miedo pero lo tenía. Tenía miedo de los indios.

Jack jamás dejaba caer sus orejas ni sonreía ya a Laura. Hasta cuando lo acariciaba tenía las orejas enhiestas, los pelos del cuello erizados y mostraba los dientes. Sus ojos revelaban su rabia. Cada noche gruñía con más fuerza y cada noche los tambores indios redoblaban más y más aprisa y el salvaje griterío era más fuerte y más rápido.

En mitad de la noche Laura se sentó de un salto y

chilló. Algún terrible ruido había hecho que brotara sudor frío de todo su cuerpo.

Mamá acudió entonces y le dijo cariñosamente:

—Cállate, Laura. No debes asustar a Carrie.

Laura se aferró a mamá y advirtió que tenía puesto su vestido. El fuego estaba cubierto por cenizas, pero mamá no se había acostado. Por la ventana entraba la luz de la luna. El postigo estaba abierto y papá se hallaba en la oscuridad, junto a la ventana, vigilando. Empuñaba su fusil.

Afuera, en la noche, resonaban los tambores y los indios gritaban de un modo atroz.

Entonces se repitió el terrible sonido. Laura se sintió como si estuviera cayéndose. No podía sujetarse a nada. No había nada sólido en ninguna parte. Le pareció que transcurría muchísimo tiempo antes de poder ver, pensar o hablar.

Chilló:

—¿Qué es eso? ¿Qué es eso? Oh, papá. ¿Qué es?

Temblaba todo su cuerpo y se sentía enferma. Oyó el redoble de los tambores y los alaridos, y mamá la sostuvo. Papá declaró:

—Es el grito de guerra de los indios, Laura.

Mamá emitió un sonido apagado y papá le dijo:

—Deben saberlo, Caroline.

Explicó a Laura que ése era el modo indio de hablar de la guerra. Los indios sólo hablaban de la guerra y danzaban en torno a sus hogueras. Mary y Laura no debían tener miedo porque papá estaba allí y allí estaba *Jack* y en Fort Gibson y en Fort Dodge había soldados.

—Así que no temáis, Mary y Laura —volvió a decirles.

—No, papá —replicó Laura con voz entrecortada.

Pero sentía un miedo horrible. Mary no era capaz de decir nada; estaba temblando bajo las mantas.

Entonces Carrie empezó a llorar, así que mamá se la llevó a la mecedora y la acunó suavemente. Laura se deslizó fuera de la cama y se acurrucó contra una rodilla de mamá. Y, al quedarse sola, Mary fue tras Laura y también se acurrucó. Papá continuaba en la ventana, vigilando.

Los tambores parecían resonar sobre la cabeza de Laura. Parecían golpear también dentro de su cabeza. Aquellos aullidos feroces y acelerados eran peores que los de los lobos. Pero llegaba algo aún peor, Laura lo sabía. Entonces llegó... el grito de guerra de los indios.

Una pesadilla no es tan terrible como lo fue aquella noche. Una pesadilla es sólo un sueño y cuando llega lo peor, uno se despierta. Pero aquello era real y Laura no podía despertarse. No conseguía librarse de ello.

Al terminar el grito de guerra, Laura supo que aún no se habían apoderado de ella. Seguía acurrucada en la casa a oscuras y se apretaba contra mamá, que temblaba de pies a cabeza. El aullido de *Jack* concluyó en un gruñido sollozante. Carrie empezó a llorar otra vez y papá se enjugó la frente y dijo:

—¡Uf! Jamás había oído nada semejante. ¿Cómo aprenderían a hacerlo? —preguntó.

Pero nadie le respondió.

—No necesitan armas. Ese grito es suficiente para matar a cualquiera del susto —dijo—. Tengo la boca tan seca que no podría silbar una canción aunque me fuese en ello la vida. Tráeme algo de agua, Laura.

Aquello sirvió para que Laura se sintiera mejor. Llevó hasta la ventana un cazo lleno de agua. Él lo tomó y le sonrió y así se sintió muchísimo mejor. Bebió un poco y sonrió de nuevo, añadiendo:

—¡Ahora sí que puedo silbar una canción!

Silbó unas cuantas notas para demostrarle que, en efecto, podía.

Luego escuchó. Y también Laura oyó muy lejos el quedo galope de un caballo. Se acercaba.

Por un lado de la casa llegaba el resonar de los tambores y los estridentes y rápidos alaridos y por el otro el solitario ruido de la carrera de aquel jinete.

Cada vez más cerca. Ahora los cascos golpeaban con fuerza y de repente se alejaron. El galope se tornó poco a poco más tenue, a medida que el caballo se iba por el sendero del riachuelo.

A la luz de la luna, Laura vio los cuartos traseros de un caballo negro montado por un indio. Distinguió la manta en que se envolvía, su cabeza pelada, las plumas y el reflejo de la luna en el cañón de un fusil. Y de repente todo desapareció. Nada quedó allí más que la solitaria pradera.

Papá dijo que no entendía nada de lo que estaba pasando. Afirmó que se trataba del osage que había tratado de hablar francés con él.

—¿Qué hará, cabalgando al galope a estas horas? —preguntó:

Nadie le respondió porque nadie lo sabía.

Los tambores redoblaron y los indios prosiguieron con sus alaridos. El terrible grito de guerra se repitió una y otra vez.

Poco a poco, al cabo de mucho tiempo, los alaridos se tornaron más tenues y más escasos. Al fin Carrie se durmió y mamá envió a la cama a Mary y a Laura.

Al día siguiente no pudieron salir de casa. Papá se quedó cerca. No llegaba ruido alguno de los campamentos indios. Toda la pradera estaba en silencio. Sólo el viento soplaba sobre la tierra ennegrecida donde no había hierba que susurrase. El viento sopló sobre la casa con fuerza con un sonido como el del agua al correr.

Aquella noche el ruido en los campamentos indios fue peor que la anterior. De nuevo los gritos de guerra parecieron más terribles que la más horrorosa de las pesadillas. Laura y Mary se acurrucaron contra mamá, la pobre Carrie lloró y papá montó guardia junto a la ventana. Y *Jack* pasó toda la noche de un lado para otro, gruñendo, y ladró cuando se oyeron los gritos de guerra. Durante las noches siguientes, aquello fue cada vez a peor. Mary y Laura estaban tan cansadas que se quedaron dormidas mientras resonaban los tambores y gritaban los indios. Pero cuando surgía un grito de guerra despertaban, estremeciéndose de terror.

Y los días silenciosos fueron aún peores que las noches. Papá vigilaba y escuchaba todo el tiempo. El arado estaba donde lo había dejado en el campo. *Pet* y *Patty*, el potro, la ternera y la vaca permanecían en la cuadra. Mary y Laura no podían salir de la casa. Y papá jamás dejaba de observar la pradera alrededor de él y de volver rápidamente la cabeza al oír el menor ruido. Apenas comía; se levantaba al instante para vigilar la pradera en torno a la casa.

Un día su cabeza se inclinó sobre la mesa y se quedó

dormido. Mamá, Mary y Laura guardaron silencio para dejarlo dormir. Estaba tan cansado. Pero se despertó en un minuto, sobresaltado, y dijo secamente a mamá:

—¡No vuelvas a dejar que me duerma!

—*Jack* estaba al acecho —repuso amablemente mamá.

Aquella noche fue la peor de todas. Los tambores resonaban más aprisa y los alaridos eran más fuertes y feroces. Por todo el riachuelo los gritos de guerra respondían a otros gritos y los barrancos transmitían sus ecos. No había manera de descansar. A Laura le dolía todo el cuerpo y de un modo terrible el estómago.

Desde la ventana papá dijo:

—Caroline, están discutiendo entre ellos. Quizá acaben por luchar unos contra otros.

—¡Oh, Charles, con tal de que fuera así! —dijo mamá.

Durante toda la noche no conocieron un minuto de descanso. Justo antes del amanecer se extinguió un grito de guerra y Laura se durmió contra la rodilla de mamá.

Se despertó en la cama. Mary dormía a su lado. La puerta estaba abierta y, por la luz del sol en el suelo, Laura supo que era casi mediodía. Mamá preparaba la comida. Papá estaba sentado en el umbral.

—Allá va hacia el sur otro gran grupo —le dijo a mamá.

Laura se asomó a la ventana en camisón y vio a lo lejos una larga fila de indios. La fila se extendía por la negra pradera y se prolongaba muy lejos hacia el sur. En la distancia los indios se veían tan pequeños sobre sus caballos que le parecieron hormigas.

Papá dijo que por la mañana dos grandes grupos de indios habían partido hacia el oeste. Ahora uno iba hacia el sur. Eso significaba que los indios habían reñido entre ellos. Se alejaban de sus campamentos en la hondonada del riachuelo. No irían todos juntos a cazar bisontes.

Aquella noche la oscuridad llegó en silencio. No había más sonido que el del viento.

—¡Esta noche dormiremos! —dijo papá.

Y así fue. Durante toda la larga noche ni siquiera soñaron. Y por la mañana *Jack* seguía durmiendo a pierna suelta en el mismo lugar donde lo dejó Laura cuando se fue a dormir.

La noche siguiente también fue silenciosa y de nuevo durmieron todos profundamente. Aquella mañana papá afirmó que se sentía tan fresco como una lechuga y que iba a hacer una pequeña exploración a lo largo del riachuelo. Encadenó a *Jack* a la anilla del muro de la casa, tomó su fusil y se perdió de vista por el sendero del riachuelo.

Laura, Mary y mamá nada podían hacer sino aguardar a que volviese. Permanecieron en la casa, ansiando que regresara. La luz del sol jamás se desplazó tan lentamente sobre el suelo como aquel día.

Pero regresó, ya bien avanzada la tarde. Sin que nada malo le hubiese pasado. Había ido muy lejos por el riachuelo, aguas arriba y aguas abajo, y había visto muchos campamentos indios abandonados. Todos los indios se habían marchado, excepto la tribu de los osages.

En el bosque papá se encontró a un osage con el que pudo entenderse. El indio le dijo que todas las tribus, excepto la de los osages, habían decidido matar a los blancos que se habían instalado en el territorio indio. Y estaban dispuestos a llevar a cabo su designio cuando acudió a su consejo aquel indio solitario que vino a caballo.

Aquel indio corría tanto porque no quería que matasen a los blancos. Era un osage y su nombre significaba que era un gran soldado.

Soldat du Chêne, dijo papá que se llamaba.

—Discutió con ellos día y noche —declaró papá—, hasta que los demás osages estuvieron de acuerdo con él. Entonces se levantó y dijo a las otras tribus que, si empezaban a matarnos, los osages les harían frente.

Ésa fue la causa de tanto ruido aquella última noche terrible. Las demás tribus gritaban a los osages y los osages gritaban a las demás tribus. Las demás tribus no se atrevieron a pelear con *Soldat du Chêne* y todos sus osages, así que al día siguiente se marcharon.

—¡Ése es un indio bueno! —dijo papá.

Dijera lo que dijese el señor Scott, papá no creía que todos los indios fueran malos.

24

PARTEN LOS INDIOS

Hubo otra larga noche de sueño. Era magnífico eso de echarse y dormir profundamente. Todo estaba en calma y en silencio. Sólo las lechuzas ululaban en los bosques junto al riachuelo mientras la enorme luna se desplazaba lentamente por la curva del cielo sobre la pradera interminable.

Por las mañanas lucía cálido el sol. Allá en el riachuelo croaban las ranas.

—¡Croac! ¡Croac! —decían a la orilla de las charcas.

La puerta estaba abierta al tibio aire primaveral. Después de desayunar, papá salió silbando alegremente. Enganchó a *Pet* y a *Patty* para arar de nuevo. Pero de repente dejó de silbar. Se detuvo en el umbral, mirando hacia el este y dijo:

—Ven, Caroline. Y vosotras también, Mary y Laura, venid.

Laura fue la primera en salir y se llevó una sorpresa. Llegaban los indios.

Pero no por el sendero que iba a la hondonada sino de mucho más al este.

Primero llegó el indio alto que había pasado cabalgando junto a la casa a la luz de la luna. *Jack* gruñó y el corazón de Laura latió con fuerza. La alegraba estar cerca de papá. Pero sabía que éste era el indio bueno, el jefe osage que había acabado con los terribles gritos de guerra.

Su negro caballo trotaba alegremente, husmeando el viento que agitaba sus crines y su cola como si fuesen gallardetes. No tenía bridas ni bocado ni el más leve arnés. No había medio de obligarlo a hacer lo que no quisiera. Briosamente pasó trotando por el antiguo sendero indio como si le gustase llevar a aquel indio sobre su lomo.

Jack gruñó con rabia, tratando de desembarazarse de la cadena. Recordaba que aquel indio le había apuntado una vez con su fusil.

—Quieto, *Jack* —le ordenó papá.

Jack gruñó de nuevo y, por vez primera en su vida, papá le pegó.

—¡Échate! ¡Quieto! —dijo papá.

Jack se acurrucó y se quedó quieto.

El caballo estaba ya muy cerca y el corazón de Laura latía cada vez más aprisa. Reparó en sus mocasines adornados con cuentas y luego alzó la vista hacia las polainas de flecos que colgaban a uno y otro lado del desnudo lomo de la montura. El indio se envolvía en una manta de colores vivos. Con un desnudo brazo cobrizo sujetaba atravesado un fusil. Luego Laura observó el rostro cobrizo, fiero e impasible del indio.

Se mostraba sereno y orgulloso. Pasara lo que pase, siempre estaría así. Nada cambiaría aquella cara. Sólo sus ojos revelaban su viveza y miraban fijos, a lo lejos, hacia el oeste. No se movían. Nada se movía ni cambiaba en él excepto las plumas de águila enhiestas sobre el moño que remataba su cabeza afeitada. Las largas plumas se mecían y oscilaban, se cimbreaban y agitaban al viento cuando aquel alto indio pasó frente a ellos montado en su caballo negro.

—El propio *Du Chêne* —dijo papá en voz baja. Y alzó una mano a guisa de saludo.

El alegre caballo y el indio impasible se alejaron. Cruzaron como si la casa y la cuadra y papá, mamá, Mary y Laura no hubiesen estado allí.

Papá, mamá, Mary y Laura se volvieron lentamente y contemplaron la erguida espalda del indio. Luego se interpusieron en su visión los demás caballos, las otras mantas, las cabezas afeitadas y las plumas de águila. Uno tras otro pasaron por el sendero en pos de *Du Chêne*, más y más temibles guerreros. Rostro cobrizo tras rostro cobrizo. Las crines y las colas de las cabalgaduras volaban al viento, relucían las cuentas, se agitaban las plumas de águila en todas aquellas cabezas rapadas. Centelleaban los fusiles atravesados sobre los lomos de los caballos.

A Laura la excitaban todos aquellos caballos. Los había negros, bayos, tordos, castaños y jaspeados. Sus pequeños cascos hacían tripití-trip-trip, tripití-trip, patapán, patapán, tripití, patapán, a lo largo de todo el sendero indio. Hinchaban los ollares al ver a *Jack* y se apartaban de él, pero miraban fijamente a Laura con sus ojos brillantes.

—¡Qué caballos tan bonitos! ¡Qué caballos tan bonitos! —gritó, palmoteando—. ¡Fijaos en el jaspeado!

Pensó que nunca se cansaría de contemplar a aquellos potros, pero al cabo de un rato comenzó a mirar a las mujeres y a los niños que iban sobre sus lomos. Las mujeres y los niños cabalgaban tras los hombres indios. Pequeños indios desnudos y cobrizos, no mayores que Mary y Laura, montaban aquellos caballos. Los caballos no tenían bridas ni sillas y los pequeños indios no tenían ropas. Lucían toda su piel al aire fresco y al sol. Sus negros y lacios cabellos se agitaban al viento y sus negros ojos centelleaban de alegría. Iban montados muy tiesos sobre sus caballos como si fuesen indios mayores.

Laura miraba y miraba a los niños indios y éstos la miraban. De repente sintió el capricho de ser una niña india. Desde luego no lo deseaba de verdad. Sólo hubiera querido ir desnuda al viento y al sol y cabalgar uno de aquellos caballos tan briosos.

Las madres de los niños indios montaban también en los potros. De sus piernas colgaban flecos de cuero y se envolvían en mantas, pero en la cabeza sólo lucían su pelo negro y terso. Sus caras eran cobrizas y plácidas. Algunas llevaban atado a la espalda un estrecho fardo del que asomaba por arriba una cabecita. Y algunos bebés y otros niños pequeños iban en cestos que colgaban de los costados de los caballos, junto a sus madres.

Pasaron más y más caballos y más niños y más bebés a espaldas de sus madres y más bebés en los cestos de los flancos de los caballos. Luego cruzó una madre con un bebé en cada uno de los dos cestos que colgaban de la montura.

Laura miró fijamente a los ojos del bebé que cruzaba más próximo. Del borde del cesto sólo asomaba su cabecita. Tenía el pelo tan negro como las plumas de un cuervo y sus ojos eran tan negros como esas noches en las que no brilla ninguna estrella.

Aquellos ojos negros se clavaron en los ojos de Laura y ella miró a lo hondo de la negrura de los ojos infantiles y quiso tener ese bebé.

—Papá —dijo—. ¡Dame ese bebé indio!

—¡Cállate, Laura! —replicó papá muy serio.

El bebé se alejaba. Pero, vuelta la cabeza, sus ojos seguían mirando a los ojos de Laura.

—¡Oh, quiero ese bebé! ¡Lo quiero para mí! —suplicó Laura.

El bebé estaba ya cada vez más lejos, pero no dejaba de mirar a Laura.

—Quiere quedarse conmigo —imploró Laura—. ¡Por favor, papá, por favor!

—Cállate, Laura —dijo papá—. La mujer india quiere conservar a su bebé.

—¡Oh, papá! —suplicó Laura.

Y entonces empezó a llorar. Era vergonzoso llorar, pero no podía evitarlo. El bebé indio había desaparecido. Ella sabía que no volvería a verlo nunca. Mamá declaró que jamás había oído una cosa semejante.

—Qué vergüenza, Laura —dijo.

Pero Laura no podía dejar de llorar.

—¿Por qué, Dios mío, quieres a ese bebé indio? —preguntó mamá.

—Tiene los ojos tan negros —respondió Laura, sollozando.

No lograba explicar lo que sentía.

—Vamos, Laura —le explicó mamá—. Tú no puedes querer a otro bebé. Ya tenemos el nuestro, tenemos a Carrie.

—¡Quiero el otro también! —dijo Laura, sollozando ruidosamente.

—¡Ya está bien! —exclamó mamá.

—Mira a los indios, Laura —dijo papá—. Mira hacia el este y después mira hacia el oeste y fíjate en lo que ves.

Al principio Laura apenas pudo ver nada. Tenía los ojos llenos de lágrimas y los sollozos escapaban entrecortados de su garganta. Pero obedeció a papá lo mejor que pudo y en un momento se serenó. Había indios hasta donde alcanzaba la vista por el oeste y por el este. No tenía final la larga, larguísima fila.

—Son muchísimos indios —dijo papá.

Pasaban más y más indios. Carrie se cansó de mirar a los indios y empezó a jugar sola en el suelo. Pero Laura permaneció sentada a la puerta, muy cerca de papá. Y allí estaban también mamá y Mary, que miraban pasar a los indios.

Ya era hora de comer, pero nadie había pensado en la comida. Continuaban pasando los caballos indios, cargados con fardos de pieles, pértigas de tiendas y cestos y ollas colgando. Quedaban unas cuantas mujeres y unos pocos indios desnudos. Luego pasó el último caballo. Pero papá y mamá, Laura y Mary aún siguieron en la puerta hasta que la larga fila de indios desapareció por el extremo occidental del mundo. Y nada quedó de ellos más que silencio y vacío. Todo el mundo parecía muy callado y solitario.

Mamá dijo que no sentía deseos de hacer nada, y papá le contestó que no hiciese más que descansar.

—Tienes que comer algo, Charles —añadió mamá.

—No —dijo papá—. No tengo hambre.

Fue tranquilamente a enganchar a *Pet* y a *Patty* y empezó de nuevo a abrir la dura tierra con el arado.

Laura tampoco pudo comer nada. Se sentó en la puerta y allí pasó largo tiempo, mirando hacia el vacío poniente por donde se habían ido los indios. Aún le parecía ver plumas que se mecían y negros ojos y oír el sonido de los cascos de los caballos.

25

SOLDADOS

Después de que los indios se fueron reinó una gran paz en la pradera. Y una mañana toda la tierra amaneció verde.

—Pero ¿cuándo ha crecido esta hierba? —preguntó mamá sorprendida—. Pensaba que toda la región estaba negra y ahora no hay más que hierba verde hasta donde alcanzan mis ojos.

El cielo rebosaba de filas de patos y ánades silvestres que volaban hacia el norte. Los cuervos graznaban en los árboles a lo largo del riachuelo. Los vientos murmuraban en la nueva hierba, llevando el olor de la tierra y de cosas que crecían.

Por las mañanas se alzaban cantando hacia el cielo las alondras. Durante todo el día chirriaban y cantaban en la hondonada del riachuelo los zarapitos y las gallinitas. A menudo, al caer la noche, se oía cantar a los bisontes.

Una noche, sentados a la puerta, papá, Mary y Laura observaron cómo jugaban entre la hierba los conejitos a la luz de las estrellas. Tres conejas brincaban por allí con sus orejas caídas, observando también cómo jugaban sus pequeños.

De día todo el mundo se afanaba. Papá seguía arando y Mary y Laura ayudaban a mamá a plantar las hortalizas tempranas. Con la azada, mamá abría pequeños agujeros en la tierra revuelta por el arado y Laura y Mary depositaban cuidadosamente las semillas. Luego mamá las tapaba con tierra. Plantaron cebollas y zanahorias, guisantes, judías y nabos. Y todos estaban muy alegres porque había llegado la primavera y muy pronto podrían comer hortalizas. Estaban cansados ya de comer tan sólo tortas y carne.

Una tarde papá volvió del campo antes de que se pusiera el sol y ayudó a mamá a trasplantar las coles y las plantas de patatas. Mamá había plantado las semillas de coles en tiestos que había guardado en la casa. Los había regado con cuidado y los trasladaba cada día para que les diera el sol de la mañana y el de la tarde que entraba por las ventanas. Y había guardado una de las patatas de Navidad y la plantó en otros tiestos. Las semillas de coles se habían convertido ahora en plantitas verdigrises y cada uno de los brotes de patata en un tallo de hojas verdes.

Papá y mamá tomaron con mucho cuidado cada plantita y la colocaron con sus raíces en agujeros que habían preparado antes. Regaron las raíces y apretaron la tierra encima. Ya era de noche antes de que hubieran terminado de colocar la última planta, y papá y mamá estaban cansados. Pero se hallaban contentos porque ese año tendrían por fin coles y patatas.

Observaban su huerta todos los días. Parecía tosca y herbosa porque el suelo era el de la pradera, pero todas las plantitas crecían. Asomaron las hojitas arrugadas de los guisantes y las briznas de las cebollas. Las judías se alzaron del suelo. Pero lo que las empujaba era un tallito amarillento, contraído como un muelle. Luego cada judía se abrió para que nacieran dos hojitas que se desplegaron al sol.

Muy pronto todos empezarían a vivir como reyes.

Cada mañana papá se dirigía al campo, silbando alegremente. Había plantado algunas patatas tempranas de secano y guardó otras para plantarlas más tarde. Ahora llevaba al cinto una bolsa de maíz y cuando araba arrojaba granos de maíz en el surco junto al arado. Después el arado tapaba con tierra las semillas. El maíz se abriría camino en la tierra y pronto habría allí un maizal.

Algún día tendrían maíz fresco para comer. Y para el próximo invierno, *Pet* y *Patty* también contarían con maíz para su pienso.

Una mañana Mary y Laura fregaban los platos y mamá hacía las camas. Tarareaba algo para sí y Laura y Mary hablaban de la huerta. Laura prefería los guisantes y a Mary le gustaban más las judías. De repente oyeron la voz de papá, potente y airada.

Mamá acudió inmediatamente a la puerta y Laura y Mary atisbaron una por cada costado de su madre.

Papá conducía a *Pet* y a *Patty*, que tiraban del arado fuera ya del campo que había estado labrando. El señor Scott y el señor Edwards estaban con papá y el señor Scott le hablaba ansiosamente.

—¡No, Scott! —le respondió papá—. ¡No me quedaré aquí para que me lleven los soldados como si fuera un malhechor! Si algunos condenados políticos de Washington no nos hubieran mandado decir que podríamos colonizar esta tierra, yo nunca me habría instalado cinco kilómetros adentro de la frontera del territorio indio. Pero no aguardaré a que los soldados nos echen. ¡Nos iremos ahora!

—¿Qué es lo que pasa, Charles? ¿Adónde tenemos que ir? —preguntó mamá.

—¡Que me maten si lo sé! Pero nos vamos. ¡Partiremos de aquí! Scott y Edwards dicen que el gobierno está enviando soldados para expulsar a todos los colonos del territorio indio.

Su cara estaba muy roja y sus ojos eran como fuego azul.

Laura se sentía muy asustada; jamás había visto a papá así. Se apretó contra mamá y se quedó quieta, mirando a papá.

El señor Scott empezó a hablar, pero papá lo detuvo.

—Ahórrese sus palabras, Scott. De nada sirve decirme algo más. Si quiere, puede quedarse hasta que aparezcan los soldados. Yo me voy ahora.

El señor Edwards dijo que él también se iba. No se quedaría para que lo arrojasen al otro lado de la frontera como si fuese un perro rabioso.

—Venga con nosotros a Independence, Edwards —dijo papá.

Pero el señor Edwards repuso que no le interesaba ir al norte. Construiría una lancha y bajaría por el río hasta llegar a algún asentamiento mucho más al sur.

—Es mejor que venga con nosotros —le apremió papá— y que luego descienda a pie por Missouri. Resulta peligroso eso de bajar por el Verdigris, solo y entre tribus de indios salvajes.

Luego papá dijo al señor Scott que se quedase con la vaca y la ternera.

—No podemos llevarlas con nosotros —explicó papá—. Usted ha sido un buen vecino, Scott, y siento dejarlo. Pero partiremos por la mañana.

Laura escuchó todo aquello, pero no lo creyó hasta que vio al señor Scott llevarse la vaca. El animal mugió mansamente con la cuerda sujeta a sus cuernos y la ternera rebulló y brincó tras la vaca. Ahí se iban toda la leche y la mantequilla.

El señor Edwards declaró que estaría demasiado ocupado para poder verlos de nuevo. Estrechó la mano de papá y declaró:

—Adiós, Ingalls, y buena suerte.

Estrechó la mano de mamá y dijo:

—Adiós, señora. No volveré a verla, pero nunca olvidaré su amabilidad.

Luego se volvió hacia Mary y Laura y les dio la mano como si fuesen personas mayores.

—Adiós —dijo.

—Adiós, señor Edwards —respondió Mary cortésmente.

Pero Laura se olvidó de ser cortés y declaró:

—¡Oh, señor Edwards, me gustaría que no se fuese! ¡Oh, señor Edwards, gracias, gracias por haber ido hasta Independence para encontrar a Papá Noel y para que le diese los regalos que él no podía entregarnos!

Los ojos del señor Edwards se tornaron muy brillantes y se marchó sin decir una palabra más.

Papá empezó a desenganchar a *Pet* y a *Patty* a media mañana, y Laura y Mary supieron que era verdaderamente cierto; desde luego, se marchaban de allí. Mamá no dijo nada. Se fue a la casa y miró los platos aún no fregados y la cama a medio hacer, levantó las manos y se sentó.

Mary y Laura continuaron fregando los platos. Tuvieron mucho cuidado de no hacer nada de ruido. Se volvieron rápidamente en cuanto entró papá.

Parecía otra vez el mismo de siempre y llevaba el saco de las patatas.

—¡Aquí tienes, Caroline! —dijo con una voz que parecía natural—. ¡Prepara muchas para la comida! Hemos pasado sin patatas, guardándolas para la siembra. ¡Pues ahora nos las comeremos!

Así que aquel día comieron las patatas de siembra. Estaban muy buenas y Laura supo que papá tenía razón cuando dijo:

—No hay mal que por bien no venga.

Después de comer sacó de la cuadra los aros de la carreta, que estaban colgados de estaquillas. Los llevó a la carreta y sujetó los extremos al fleje de hierro de cada costado. Cuando estuvieron montados todos los aros, papá y mamá tendieron y tensaron la lona. Luego papá tiró de la cuerda del extremo de la lona hasta dejar por detrás sólo un agujerito en el centro.

Y allí se quedó la carreta entoldada, lista para cargarla a la mañana siguiente.

Todos estaban muy callados aquella noche. Incluso

Jack sintió que algo iba mal y se tendió muy cerca de Laura cuando ella se fue a la cama.

Ya no hacía frío para tener encendido al fuego, pero papá y mamá se quedaron sentados ante la chimenea, contemplando las cenizas.

Mamá suspiró suavemente y dijo:

—Todo un año perdido, Charles.

Pero papá replicó con ánimo:

—Y ¿qué significa un año? Tenemos todo el tiempo por delante.

26

LA PARTIDA

A la mañana siguiente, después de desayunar, papá y mamá cargaron la carreta.

Hicieron primero dos camas una encima de otra en la parte posterior de la carreta y las cubrieron cuidadosamente con una bonita manta a cuadros. Allí irían durante el día Mary, Laura y Carrie. Por la noche dispondrían la cama superior en la parte delantera de la carreta para que durmiesen papá y mamá. Y Mary y Laura dormirían en la cama de abajo.

Después papá desmontó el pequeño armario del muro y mamá metió allí los víveres y los platos. Papá colocó el armario bajo el pescante y por delante puso un saco de maíz para los caballos.

—Aquí podremos apoyar los pies, Caroline —dijo.

Mamá guardó todas las prendas de ropa en dos sacos que papá colgó de los aros de la carreta. En otro colgó su fusil de su correa, y debajo la bolsa de las balas y el cuerno de pólvora. Colocó la caja del violín en un extremo de la cama para que no se resintiera con el traqueteo de la marcha.

Mamá envolvió en sacos la negra araña de hierro, el horno y la cafetera y los metió en la carreta mientras papá ataba por fuera la mecedora y la tina y colgaba debajo el cubo de agua para ellos y el cubo de agua para los caballos. Y colocó cuidadosamente en una esquina de delante la linterna de latón, que mantenía sujeta al saco de maíz.

Ya estaba cargada la carreta. Lo único que no podían llevarse era el arado. Bien, no había más remedio que dejarlo. No quedaba sitio. Cuando llegasen a donde fuesen, papá podría conseguir más pieles para cambiar.

Laura y Mary subieron a la carreta y se sentaron en la cama de atrás. Mamá colocó a Carrie entre ellas. Todas se hallaban recién lavadas y peinadas. Papá dijo que estaban tan limpias como los dientes de un podenco y mamá afirmó que estaban tan relucientes como alfileres nuevos.

Luego papá enganchó a *Pet* y a *Patty* a la carreta. Mamá ocupó su sitio en el pescante y sostuvo las riendas. Y de repente Laura quiso ver de nuevo la casa. Pidió por favor a papá que le dejase mirarla. Él aflojó la cuerda de la parte trasera de la lona y así se hizo mucho más grande el agujero. Laura y Mary podían mirar por allí, pero la cuerda aún sostenía la lona lo suficiente como para que Carrie no se cayera en el pesebre colocado atrás.

La bella casita de troncos tenía el mismo aspecto de siempre. No parecía saber que se marchaban. Papá se quedó un momento en el umbral y miró alrededor de él. Sus ojos se fijaron en el armazón de la cama, en la chimenea y en los cristales de las ventanas. Luego cerró cuidadosamente la puerta, dejando afuera el cordón que tiraba del cerrojo.

—Alguien puede necesitar un refugio —dijo.

Subió al pescante junto a mamá, tomó las riendas en sus manos y silbó a *Pet* y a *Patty*.

Jack iba bajo la carreta. *Pet* relinchó a *Bunny*, que empezó a caminar a su lado. Y partieron.

Justo antes de descender por el camino del riachuelo hacia la hondonada, papá detuvo a las yeguas y todos miraron hacia atrás.

Hasta donde alcanzaba la vista, por el este, por el sur y por el oeste, nada se movía en la inmensidad de la pradera alta. Sólo la verde hierba se mecía al viento y blancas nubes cruzaban por un cielo alto y claro.

—Es un gran país, Caroline —dijo papá—. Pero durante mucho tiempo habrá aquí indios salvajes y lobos.

La casita de troncos y la pequeña cuadra se alzaban solitarias en medio de aquella calma.

Luego *Pet* y *Patty* reanudaron alegremente su camino. La carreta descendió desde los riscos a la espesura y en lo alto de un árbol empezó a cantar un sinsonte.

—Jamás había oído a un sinsonte cantar tan temprano —dijo mamá.

—Está diciéndonos adiós —añadió papá suavemente.

Cruzaron entre montículos hasta llegar al riachuelo. Llevaba poca agua y sería fácil vadearlo. Desde la otra orilla un ciervo los vio cruzar. Una cierva se sumió con sus cervatillos en lo más umbrío del bosque. Y entre riscos de tierra roja la carreta subió de nuevo a la pradera.

Pet y *Patty* tenían ganas de andar. Sus cascos levantaban un sonido apagado en la hondonada, pero ahora resonaban con fuerza en el duro suelo de la pradera. Y el viento chilló estridente contra el primero de los aros de la carreta.

Papá y mamá iban quietos y callados en el pescante y Mary y Laura también estaban calladas. Pero por dentro Laura experimentaba una gran excitación. Nunca se sabe lo que está a punto de suceder ni dónde estarás mañana cuando viajas en una carreta entoldada.

A mediodía papá se detuvo junto a un pequeño manantial para que las yeguas comieran, bebieran y descansasen. La primavera pronto dejaría paso al calor del verano, pero allí había ahora muchísima agua.

Mamá sacó torta de maíz y carne del armario de las provisiones y todos comieron a la sombra de la carreta sentados sobre la limpia hierba. Bebieron del manantial y Laura y Mary corrieron por la hierba, recogiendo flores silvestres, mientras mamá ordenaba el armario de las provisiones y papá enganchaba a *Pet* y a *Patty* de nuevo.

Luego avanzaron durante largo tiempo a través de la pradera. No había nada que ver que no fuese la hierba ondulante, el cielo y las interminables rodadas de la carreta. De vez en cuando un conejo escapaba, dando saltos. En ocasiones se perdía de vista entre la hierba una perdiz blanca con sus polluelos. Carrie dormía y Mary y Laura estaban casi dormidas cuando oyeron decir a papá:

—Algo ha pasado allí.

Laura se enderezó de repente. Allá lejos en la pradera vio por delante un bultito de color claro. No advirtió nada extraño en eso.

—¿Dónde? —preguntó a papá.

—Allí —declaró papá, señalando al bulto—. No se mueve.

Laura no dijo más. Siguió mirando y vio que el bulto era una carreta entoldada. Poco a poco se hizo más grande. Pero no tenía caballos enganchados. Nada se movía a su alrededor. Entonces reparó en algo oscuro por delante.

Ese algo oscuro eran dos personas sentadas en la vara de la carreta. Eran un hombre y una mujer. Se miraban los pies y sólo movieron las cabezas para alzar los ojos cuando *Pet* y *Patty* se detuvieron frente a ellos.

—¿Qué les sucede? ¿Dónde están sus caballos?—preguntó papá.

—No lo sé —dijo el hombre—. Los até anoche a la carreta y esta mañana habían desaparecido. Alguien cortó las sogas y se los llevó por la noche.

—¿Y el perro? —inquirió papá.

—No tenemos perro —repuso el hombre.

Jack se quedó bajo la carreta. No gruñó, pero tampoco salió. Era un perro juicioso y sabía qué hacer cuando se topaba con extraños.

—Así que sus caballos han desaparecido —dijo papá al hombre.

—Sí —declaró el hombre.

Papá miró a mamá y ésta asintió imperceptiblemente. Entonces papá dijo:

—Vengan en nuestra carreta hasta Independence.

—No —respondió el hombre—. Todo lo que tenemos se halla en esta carreta. No la abandonaremos.

—Pero ¿cómo? ¿Qué hará? —exclamó papá—. Es posible que no pase por aquí nadie en días o en semanas. No pueden quedarse.

—No lo sé —dijo el hombre.

—Nos quedaremos en nuestra carreta —declaró la mujer.

Miraba sus manos, entrelazadas sobre su regazo, y Laura no pudo ver su cara; sólo veía un lado de la cofia.

—Será mejor que vengan —les dijo papá—. Luego podrán volver por la carreta.

—No —repitió la mujer.

No dejarían la carreta; todo lo que tenían en el mundo estaba allí. Así que al final papá reanudó su camino, dejándoles sentados en la vara de la carreta, completamente solos en la pradera.

—¡Novatos! —murmuró papá para sí—. Todo lo que tienen y ni un perro para vigilarlo. No montó guardia. ¡Y ató los caballos con sogas! —Papá resopló y dijo de nuevo—: ¡Novatos! No debería permitírseles que fuesen solos al oeste del Mississippi!

—Pero ¿qué será de ellos, Charles?

—Hay soldados en Independence —respondió papá—. Diré al capitán que envíe hombres para traerlos. Podrán aguantar hasta entonces. Pero tuvieron una condenada suerte con que pasáramos nosotros por allí. De no haber sido así no sé cuándo podrían haberlos hallado.

Laura observó aquella solitaria carreta hasta que fue sólo un bultito en la pradera. Luego fue una mota. Y después desapareció.

Prosiguieron su camino durante el resto del día. No vieron a nadie más.

Cuando el sol caía, papá se detuvo junto a un pozo. Allí se había alzado una casa, pero había ardido. El pozo tenía agua buena y abundante y Laura y Mary recogieron maderas medio quemadas para hacer fuego mientras papá desenganchaba las yeguas, les daba de beber y las ponía en el pesebre. Luego papá bajó el pescante de la carreta y sacó el armario de las provisiones. El fuego ardió espléndidamente y mamá preparó pronto la cena.

Todo era ahora como solía ser antes de que construyeran la casa. Papá, mamá y Carrie estaban en el pescante, Laura y Mary se sentaban en la vara de la carreta. Disfrutaron de una buena cena, bien calientes junto a la hoguera. *Pet*, *Patty* y *Bunny* pastaban hierba fresca y Laura guardó algunos pedazos para *Jack*, que no debía pedir nada pero que comería su parte cuando hubiesen terminado de cenar.

Luego el sol se ocultó muy lejos, por poniente, y llegó el momento de preparar las cosas para la noche.

Papá encadenó a *Pet* y a *Patty* al pesebre de la traversa de la carreta. Con otra cadena sujetó a *Bunny* a un costado. Y les echó maíz para la cena. Después se sentó junto al fuego y fumó su pipa mientras mamá arropaba a Mary y a Laura y ponía a Carrie junto a ellas.

Se sentó junto a papá ante el fuego y papá sacó el violín de su caja y empezó a tocar.

—Oh, Susana, no llores más por mí —gimió el violín, y papá comenzó a cantar.

A California me fui
en busca del oro,
y cuando pensé en mi tierra
hubiera querido ser otro.

Papá dejó de cantar para decir:

—He estado pensando en lo que se divertirán los conejos, comiéndose la huerta que plantamos.

—¡No me lo digas, Charles! —declaró mamá.

—¡Qué importa, Caroline! Haremos una huerta mejor. En cualquier caso salimos del territorio indio con más de lo que llegamos.

—No sé qué —repuso mamá.

Y papá respondió:

—¡Pues ahí tienes al mulo!

Entonces mamá se echó a reír y papá y el violín cantaron de nuevo:

¡En Dixie me quedaré,
y en Dixie viviré y moriré!
¡Lejos, lejos, lejos,
allá muy al sur, en Dixie!

Cantaba con una alegría y con un entusiasmo que casi sacaron de la cama a Laura. Aunque tenía que quedarse muy quieta y no despertar a Carrie. Mary también dormía, pero Laura jamás había estado más despierta.

Oyó a *Jack* dar vueltas bajo la carreta para echarse. Cuando pisoteó toda la hierba, se dejó caer y se hizo una rosca con un suspiro de satisfacción.

Pet y *Patty* masticaban lo que les quedaba de maíz y sus cadenas rechinaron. *Bunny* se había tendido junto a la carreta.

Allí estaban todos juntos, seguros y cómodos, dispuestos a pasar la noche bajo el enorme cielo estrellado. Una vez más, la carreta entoldada era su hogar.

El violín comenzó a tocar una marcha a la que se unió la voz grave de papá:

> *¡Y nos uniremos de nuevo, muchachos,*
> *en torno a la bandera.*
> *Otra vez reunidos*
> *proclamando el grito de guerra de la libertad!*

Laura sintió deseos de gritar también ella. Pero sin hacer ruido, mamá miró por el redondo agujero de la lona.

—Charles —dijo mamá—, Laura está completamente despierta. No puede dormir con una música como ésa.

Papá no respondió, pero el violín cambió de voz. Suave y lentamente inició una melodía que pareció acunar a Laura.

Sintió que se le cerraban los párpados. Empezó a deslizarse sobre las interminables olas de hierbas de la pradera y la voz de papá fue con ella, cantando:

> *Rema, rema lejos por aguas tan azules,*
> *navegaremos como una pluma en nuestra canoa.*
> *Rema, amor mío, por el mar,*
> *día y noche estaré a tu lado.*

ÍNDICE

1. Camino del oeste 5
2. El cruce del río 15
3. Acampada en la gran pradera 23
4. Un día en la pradera 30
5. La casa de la pradera 39
6. La mudanza 51
7. La manada de lobos 57
8. Dos sólidas puertas 69
9. Un fuego en el hogar 75
10. Un tejado y un suelo 83
11. Indios en la casa 91
12. Agua potable 101
13. Cornilargos de Texas 111
14. El campamento indio 118
15. Malaria 125
16. Se incendia la chimenea 137
17. Papá va a la ciudad 143
18. El indio alto 154
19. El señor Edwards se encuentra con Papá Noel 162
20. Un grito en la noche 172

21. Los indios se reúnen 179
22. Fuego en la pradera 187
23. El grito de guerra de los indios 195
24. Parten los indios 205
25. Soldados 212
26. La partida 219

¿Quieres saber cómo empezaron las aventuras
de la serie LA CASA DE LA PRADERA?
¡No te pierdas su primer título!

1. *La casa del bosque*

Laura tiene cinco años y vive con sus padres y sus her-
manas en una casita de madera en el bosque. Acostum-
brada a vivir entre robles, ciervos, osos y lobos ¡nunca
ha visto una ciudad! «Mañana iremos» anuncia inespe-
radamente su padre una noche. Y al día siguiente cruzan
el valle en carro en dirección a la ciudad más cercana.
Será el día más maravilloso de la vida de Laura...